SCHULE
DES GRAUENS

EIN ROMAN VON

AKIF TURAN

© 2022, Akif Turan
Herstellung und Verlag: BoD – Books on Demand, Norderstedt
ISBN: 9783754383797

KAPITEL 1

DIE BEGEHRTE SCHULE

Weder den eigenen Augen noch den eigenen Ohren konnte man glauben, als noch etwa vor einem Jahr die erste TV Reportage über eine Schule ausgestrahlt worden war, die eher einer Oase für Kinder glich als eine weitere gewöhnliche und langweilige Schule in der Stadt mit 1,9 Millionen Einwohnerinnen und Einwohnern.

Sie war ein richtiges Erholungszentrum in der man sehr viel Wert für das Wohl sämtlicher wiener Schülerinnen und Schüler zu legen schien.

Und nun war der Tag endlich gekommen, in der die vielversprechende Schule durch die wiener Bürgermeisterin Dr. Manuela Schlinke, der neuen Schuldirektorin Mag. Andrea Janssen und dem Bezirksvorsteher des dreiundzwanzigsten Wiener Gemeindebezirkes Mag. Philipp Moser feierlich eröffnet wurde.

In Begleitung des immerwährenden Jubelns und dem fast noch lauterem Händeklatschen des Publikums und den vielen Schnappschüssen sowie Videoaufnahmen der zahlreichen Medien und der Presse, schnitten alle drei das rote Band, genau zum selben Zeitpunkt, ab und gaben somit den Eintritt in die neue Schule in Liesing für die neugierigen Besucherinnen und Besucher frei.

Somit war die neue und besondere Schule offiziell eröffnet und für alle, die an diesem Tag, an diesem großartigen Ereignis teilgenommen hatten, für eine Führung freigegeben worden.

Unter der ganz aufgeregten Menge, befand sich auch das zehnjährige Mädchen mit dem Namen Defne Mutlu.

Defne war mit ihren Eltern und ihren beiden älteren Geschwistern Demet und Demiray gekommen, die sie allesamt mit viel

Mühe dazu überreden musste.

Denn ihr Vater Rami würde an diesem Dienstag Nachmittag viel lieber vor seinem Fernseher sitzen und den Tag mit Kannenweise Schwarztee an sich vorüber ziehen lassen. Aber dazu würden ihm noch die restlichen Tage der Woche zur Verfügung stehen. Denn Rami befand sich in dieser Woche in seinem wohlverdienten Urlaub.

Es waren zwar nur fünf Tage, aber Rami genügten sie vollkommen.

Er wollte ohnehin nicht zu viele Urlaubstage verschwenden, da er sich die längeren Urlaubstage immer für den Sommer aufsparte, um den Urlaub gemeinsam mit seiner Familie in deren Heimatstadt Konya in der Türkei genießen konnte.

Doch hin und wieder brauchte er eben zwischendurch auch eine kleine Auszeit, weil ihm die Arbeit ganz einfach zu viel wurde.

Denn Rami hatte einen sehr stressigen Vollzeitjob, den er zwar nicht besonders mochte, aber auch nicht einfach so aufgeben konnte.

Rami war Paketzusteller.

Er arbeitete für ein Transport- und Logistikunternehmen, das im Auftrag für einen viel größeren und weltweit bekannten Onlineversandhändler Pakete an die Kundinnen und Kunden in ganz Österreich zustellte.

Rami war ein sehr guter Lieferant, der sich stets bemühte ganz gute Arbeit zu leisten, um nicht negativ aufzufallen wie einiger seiner Kolleginnen und Kollegen.

Viele von ihnen bekamen regelmäßige Beschwerden von den Kundinnen und Kunden, die direkt an die Vorgesetzten weitergeleitet wurden. Trotz mehrfachen Ermahnungen, kam es vor, dass sich die Beschwerden über gewisse Zustellerinnen und Zusteller nicht reduzierten. Dann blieb den Vorgesetzten nichts anderes mehr übrig als sich von ihnen zu trennen.

Und Rami wollte auf gar keinen Fall zu ihnen gehören.

Schließlich war er auf diesen Job angewiesen. Zum einen bekam er ein überaus großzügiges Gehalt und zum anderen konnte er mit seinen zweiundvierzig Jahren nur schlecht einen neuen Job finden. Und dann müsste es auch noch schnell passieren, da er es als Arbeitsloser nicht länger schaffen würde, sich sowohl um seine Familie als auch um das Haushalt zu kümmern.

Selbstverständlich hatte seine Ehefrau Derya ebenfalls eine gut bezahlte Vollzeitstelle als Buchhalterin in einer bekannten und erfolgreichen Bankfiliale, aber er konnte und würde es niemals zulassen, dass seine geliebte Ehefrau ganz allein die finanzielle Last auf sich nimmt. Als Mann und Familienvater konnte er das einfach niemals zulassen. Dann würden ihn viele Gewissensbisse plagen, unter anderem auch Fragen wie Was für ein Mann wäre ich dann? Was für ein Vater wäre ich dann? und so weiter.

Nein, er musste seinen Beitrag leisten und durfte auf gar keinen Fall die gesamte Verantwortung an seine Ehefrau übertragen.

Sie war ohnehin schon, genau so wie er auch, beruflich überfordert gewesen und hätte sich demnächst ebenfalls einen entspannten Urlaub genehmigen können.

Den Job zu verlieren oder gar aufzugeben, würde von daher überhaupt nicht in Frage kommen.

Also musste Rami die wenigen Zähne, die er noch in seinem Mund besaß, zusammenbeißen und weiterhin fleißig seinem stressigen Job nachgehen.

Derya hatte zwar keinen Urlaub, aber sie hatte extra für die Eröffnungszeremonie der besonders begehrten Schule, früher Dienstschluss gemacht, um ihrer Tochter Defne den Wunsch erfüllen und mit der gesamten Familie dabei sein zu können.

Das würde Defne ihrer Mutter sehr hoch anrechnen und es gäbe schon bald wieder einen weiteren selbstgemachten Blumentopf, den ihre Mutter zu den sieben anderen dazustellen könnte. Doch es war für Derya auch ein guter Vorwand gewesen, sich so schnell wie möglich vom engen Büro in die Freiheit zu begeben, weil sie einen weiteren schlechten Witz von einem ihrer nervtötenden und schlecht gekleideten Kollegen, mit dem sie, zu ihrem großen Bedauern, das Büro teilen musste, nicht länger ertragen konnte.

Er war fünfundvierzig Jahre alt und trug meist die selbe graue Hose aus Baumwolle und dazu hellbraune Lederschuhe, die so aussahen als würde er sie seit zwanzig Jahren verwenden. Möglicherweise traf das in seinem Fall sogar zu. Er hat definitiv schon sehr viele Kilometer mit ihnen zurückgelegt. Zudem zog er immer, wöchentlich abwechselnd, langärmelige und eng anliegende Hemden an, ebenfalls aus Baumwolle bestehend, die ständig den Kampf gegen seinen Achselschweiß verloren. Und er band sich immer die selbe orange Krawatte um seinen dicken Hals, die ihm gerade mal bis über den großen und seltsam geformten Bauchnabel reichte und den Eindruck erweckte als sei ein Krater auf einem Berghügel entstanden, seit sie vor fünf Jahren die Stelle dort angenommen hatte.

Seine Witze und Scherze waren alles andere als lustig und unterhaltsam. Derya konnte jedoch viel Geduld aufweisen und setzte hin und wieder ein falsches Lächeln auf in der Hoffnung, dass ihr älterer Kollege, der oft nach einer Mischung aus Schweiß, Tabak und Schnaps stank, endlich aufhören würde sie weiter auf die ewige Folterbank des schlechten Humors zu spannen. Sie hatte bereits in der Vergangenheit mehrfach ihren Vorgesetzten darum gebeten in ein neues Büro umzuziehen, jedoch wurde ihr dieser Wunsch jedes Mal mit dem Argument abgeschlagen, dass einfach nicht genügend Büroräumlichkeiten zur Verfügung stehen würden. Und schon gar keine Einzelbüros. Daher blieb Derya nichts anderes übrig als weiterhin geduldig das Büro mit ihrem Kollegen Konstantin zu teilen und versuchte die meiste Zeit über ihn zu ignorieren und ihre gesamte Konzentration der Arbeit zu widmen.

Sie konnte es kaum erwarten, die Eröffnungszeremonie hinter sich zu bringen und zu Hause einen schönen und angenehmen Bad zu nehmen.

Die ältere und achtzehnjährige Schwester Demet hatte bereits Schulschluss und wurde quasi gezwungen direkt nach der Schule, mitsamt ihrer roten Schultasche von JanSport an der Eröffnung der neuen Schule teilzunehmen.

Dabei hatte sie vor ganz schnell etwas zu essen und anschließend sich mit ihren Klassenkameradinnen für eine kleine Shoppingtour zu verabreden.

Ihr Vater kreuzte ihre Pläne und meinte, dass es, zumindest für diesen Tag, genügen müsse, dass sie ihre Klassenkameradinnen bereits in der Schule gesehen hatte.

Jeglicher Versuch ihren Vater zu überreden und davon zu überzeugen, dass ein Treffen außerhalb der Schule nicht dasselbe ist wie ein Treffen in der Schule, scheiterten vergebens.

Somit blieb ihr nichts anderes übrig, als mit einer miesen und genervten Laune den Rest ihrer Familie zu begleiten und die unausstehliche Menschenmenge über sich ergehen zu lassen, die sich vor der neuen Schule versammelt hatte, wie ein Ameisenhaufen rund um einen frisch ausgespuckten Bonbon.

Der Bruder, das Mittelkind der Familie Mutlu, war fünfzehn Jahre alt und hatte ebenso wie seine ältere Schwester Demet bereits Schulschluss. Jedoch hatte er weder vor sich mit Freunden zu treffen oder wie sein Vater vor dem Fernseher abzuhängen.

Demiray hatte ganz andere Pläne.

Er wäre viel lieber seinem Trainingsplan im Fitnessstudio, das sich in unmittelbarer Näher ihrer Wohnung befand, nachgegangen und sich im Spiegel dabei selbst bewundert, während er die fünf Kilogramm Hanteln auf und ab bewegte, um seine, noch weichen, Muskeln zu formen.

Er wollte sein Training, das er sonst so eifrig und diszipliniert verfolgt hatte, nicht vernachlässigen, aber auch er musste sich dem nervigen Betteln seiner jüngeren Schwester, aber vor allem dem wütenden Ton seines Vaters geschlagen geben.

Doch Demiray würde das schon wieder gut machen, indem er am nächsten Tag doppelt so viel trainieren und den verpassten Tag somit nachholen würde.

Das war einem jungen Mann in seinem Alter besonders wichtig. Denn sämtliche junge Mädchen aus seiner Schule, redeten von nichts anderem als davon, dass ihr Interessensgebiet ganz besonders auf muskulösen und durchtrainierten Männern liegen würde und sie sich darüber unterhielten, wessen aktueller oder zukünftiger Freund mehr Bauchmuskeln haben würde als die der anderen.

Das war das Hauptthema sämtlicher junger Mädchen von denen die meisten auf Männer mit einem athletischen Körper und einem Babyface standen. So waren sie alle ganz große Fans von den Abercrombie Models von denen jeder einzelner, die Mädchen auf verschiedene Art zum Schmelzen brachten.

Sie waren regelrecht verliebt in all diese jungen Männer, die sie nur aus dem Fernsehen und aus Zeitschriften kannten und kein einziges Mal einen von ihnen wirklich gesehen hatten.

Daher wollte Demiray genau wie ein Abercrombie Model aussehen, damit auch die jungen Mädchen ihn toll finden und bewundern sollten.

Nicht selten hatte er Tagträume darüber, wie er eines dieser beliebten Models gewesen war, der sich vor einer kreischenden und jubelnden weiblichen Fangemeinde nicht mehr retten konnte.

Und dieser Traum war gar nicht weit hergeholt gewesen. Na gut, ein Abercrombie Model konnte er vielleicht nicht so einfach werden, aber ein durchtrainierter junger Mann mit einem athletischen Körper konnte er sehr wohl noch werden.

Immerhin war er noch sehr jung und hatte alle Zeit der Welt sich in Form zu bringen.

Das einzige Problem könnte vielleicht sein Gesicht darstellen. Denn Demiray hatte nicht unbedingt ein Babyface.

So schlecht hat er zwar auch nicht ausgesehen, aber ein Hingucker war er leider auch nicht.

Doch er hoffte und war sich sogar ziemlich sicher, dass die Frauen sein Gesicht gar nicht betrachten würden, weil sie die ganze Zeit damit beschäftigt gewesen wären seinen stählernen Körper zu bewundern.

Ja, davon träumte Demiray jeden Tag und zu jeder Zeit.

Doch im Moment war sein einziger Gedanke, dass er dieses Durcheinander, bestehend aus einer großen Menschenversammlung, gut überstehen würde.

Die Leute zwängten und drängten sich förmlich voreinander, sodass sie zu den ersten gehören konnten, die die begehrte neue Schule betreten. Dabei würden sie alle hineinkommen. Die Schule war schließlich äußerst groß und hatte dementsprechend auch eine große Eingangshalle.

Sie sah aus wie eine elitäre Schule, die nur von reichen, berühmten und adeligen Kindern besucht werden konnte.

Doch sie war eine Schule, die offen für alle war.

Defne war die Schönheit der Schule sofort aufgefallen. Sie sah genau so aus, wie aus dem Fernsehen.

Von Außen sah die Schule aus wie ein Schloss aus der Renaissance. Sie hatte ganz weiße Wände mit kupferroten Dächern darüber, die ähnlich spitz geformt waren wie die Pyramiden in Ägypten.

Die Fenster waren groß, rechteckig und ebenso wie die Dächer mit kupferroten Rahmen versehen. Und genau in der oberen Mitte, befand sich eine große runde Uhr mit einem gelben Hintergrund und dicken schwarzen römischen Zahlen darauf, die sich in einem Dreieck befand.

Die gesamte Schule war von einem grünen Schulgarten umrundet gewesen in dessen Zentrum sich ein großes Blumenbeet befand, das ein besonderes Muster aufwies.

Das Logo der Schule, der Buchstabe **R** aus blauen Iris Blumen, stach direkt aus der Mitte hervor.

Das **R** stand für THE ROYAL SCHOOL OF VIENNA.

Man entschied sich für einen englischen Namen, um die Schule dadurch noch interessanter wirken zu lassen.

Und, obwohl sie so hieß, war sie dennoch für alle Kinder der Stadt zur Verfügung gestellt worden und verlangte weder Einschreibgebühren noch sonstige Kosten. Dies wiederum machte die Schule noch begehrenswerter und zog jede Menge interessierte Eltern, aber auch Kinder an sich.

Zudem war aus zahlreichen roten Rosen die Zahl **666** direkt über dem blauen **R** angelegt worden.

Laut der Schuldirektorin Mag. Andrea Janssen stand diese Zahl für folgendes. Die erste Zahl **6** stand für den Monat Juni. Denn da wurden die Bauarbeiten der Schule komplett abgeschlossen, sodass sie bereits ab dem darauffolgenden September offiziell besucht werden konnte. Die zweite Zahl **6** stand für das Glück der Schule. Denn die Zahl Sechs ist die vollkommene Zahl des Glücks, der Harmonie, des Gleichgewichts und der Kraft. Und die dritte Zahl **6** stand für die fünf Sinnesorgane und dem „sechsten Sinn". Denn laut der Schuldirektorin Mag. Andrea Janssen sollten nicht nur die fünf Sinne sämtlicher Schülerinnen und Schüler verschärft werden, sondern auch der „sechste Sinn", um die „außergewöhnlichen Wahrnehmnungen" ebenfalls zu trainieren und zu verschärfen.

So wurde nämlich von Anfang an für diese besondere Schule geworben und immer wieder betont, dass man sehr viel Wert, nicht nur auf die mentalen, auch auf die körperlichen und geistigen Entwicklungen der zukünftigen Schülerinnen und Schüler legen würde.

Man würde ganz besonders auf die jeweiligen Talente der einzelnen Schülerinnen und Schüler eingehen und ihnen dabei helfen diese zu verstärken und weiter auszubauen, sodass sie eine bessere Chance bekommen, um weiterhin schulisch, aber auch beruflich Karriere machen zu können.

Und welcher Elternteil würde es nicht wollen, dass das eigene Kind eine besonders gute Schulerziehung beziehungsweise einen ausgesprochen vielfältigen und zukunftsorientierten Unterricht erhält?

Selbstverständlich wollten alle von dem Potenzial dieser Schule profitieren, sodass die Anmeldungsliste bereits zu Beginn vollkommen überlastet gewesen war.

Das Blumenbeet selbst war mit schwarzen und weißen Rosen, die wie Kacheln neben- und untereinander aufgereiht worden waren, gelegt worden, das an ein Schachbrett erinnerte.

Die dafür verwendeten schwarzen Rosen hatte man extra aus der Türkei importiert. Denn die natürlichen schwarzen Rosen gab es nur in Halfeti, eine Gemeinde in der türkischen Provinz Şanlıurfa.

Und genau so war auch die Schulflagge designt worden, die am Fahnenmast, direkt vor dem Schuleingang, gehisst worden war und durch den leicht vorüberziehenden Wind, zehn Meter über dem Boden, stolz wehte.

Defne und ihre Familie befanden sich bereits, gemeinsam mit vielen weiteren Besucherinnen und Besuchern, im Schulinneren und setzten ihre Bewunderung mit teilweise offenen Mündern und ausgeweiteten Pupillen fort.

Die Schule sah von innen betrachtet noch schöner und gepflegter aus.

Im Erdgeschoss befand sich sogar ein Aufenthaltszimmer für Eltern beziehungsweise für Gäste, das mit einer eigenen kleinen Bibliothek und einer geräumigen Sitzgruppe aus echtem Leder ausgestattet worden war.

Weiters befanden sich im Erdgeschoss ein großes Gemälde von der Schuldirektorin Mag. Andrea Janssen, ein Wasserspender sowie Getränke-, Snack- und Kaffeeautomaten, der Eingang zum Kellergeschoss und das Arbeits- beziehungsweise Aufenthaltszimmer vom Herrn Konrad Welsch, dem Schulwart.

Zudem war der komplette Fußboden, ähnlich wie das Blumenbeet und der Schulflagge designt und mit schwarzen und weißen Bodenfließen bestückt worden, sodass man das Gefühl bekam auf einem großen Schachbrett zu stehen.

Der Boden konnte hypnotisierend wirken, je länger man auf das karierte Muster drauf starrte.

Defne und einige andere Kinder, aber auch einige Erwachsene, fanden das großartig.

Es war etwas Neues, etwas Außergewöhnliches gewesen.

Eine Treppe, die gerade mal so breit gewesen war, dass zwei Personen nebeneinander gehen konnten, führte in das erste Stockwerk, wo sich die Klassen sowie das Büro und die Direktion befanden.

Eine weitere Treppe, führte in das oberste und letzte Stockwerk, auf der sich viele weitere Klassen sowie die Schulkantine befanden.

Das Dachgeschoss war für unbefugte Personen versperrt gewe-

sen.
Getrennte WC Räumlichkeiten befanden sich an allen Stockwerken sowie auch ein getrenntes WC im Erdgeschoss für die Eltern beziehungsweise den Gästen der Schule.
Die einzelnen Klassen waren identisch mit höchst modernem Technik ausgestattet gewesen.
Es befanden sich keine gewöhnlichen Tische und Stühle drinnen. Stattdessen wurden die Klassenräume ähnlich ausgestattet wie die Lehrsäle einer Universität.
Anstatt einer gewöhnlichen grünen Tafel an der Wand, befand sich ein Whiteboard auf dem man sowohl mit den dazugehörigen Farbstiften schreiben als auch mit einem Beamer, der ganz hinten an die Decke montiert worden war, die Unterrichtsstoffe sowie auch Bilder und Videos projizieren und abspielen.
Doch das Whiteboard hatte auch eine weitere Funktion zu bieten. Per Knopfdruck auf der dazugehörigen Fernbedienung, konnte es sich in einen überdimensionalen Bildschirm verwandeln, den man durch Berührungen bedienen konnte. So wurde es auch als Smartboard mit Touchfunktion bezeichnet.
Sowohl die Lehrerinnen und Lehrer als auch die Schülerinnen und Schüler konnten ihre Tablets, die sie alle von der Schule zur Verfügung gestellt bekommen sollten mit dem Smartboard verbinden und so, ohne aufstehen und an die Tafel gehen zu müssen, ihre Präsentationen vorzeigen, aber auch die Unterrichtsfragen ihrer Klassenvorstände beantworten, wie zum Beispiel, um mathematische Gleichungen zu lösen.
Das war für alle, ganz besonders für Defne, vollkommen neu und aufregend gewesen.
Sie verfiel in einen kurzen Tagtraum, in der sie zu einem der glücklichen Schülerinnen gehörte, die diese großartige Schule besuchen und ein Teil von ihr werden durften. Sie war sich absolut sicher, dass man zu den coolen der Stadt, ja vielleicht

15

sogar der ganzen Welt gehören würde, sobald man diese Schule besucht.

Doch zu ihrem Bedauern, war es bereits viel zu spät für sie gewesen. Ihre Eltern hatten sie nicht rechtzeitig von ihrer jetzigen Schule umgemeldet. Und die Warteliste war bereits meterlang gewesen. Sie hatte somit keine Ahnung, wann und, ob sie jemals dran kommen würde.

Das frustrierte sie sehr. Dabei hatte sie sich so sehr auf diese Schule gefreut.

Das hatte diese besondere Schule auch an sich. Kinder, die die Schule sonst nicht mochten, schwärmten plötzlich für diese neue und außergewöhnliche Schule in der Stadt. Sie zog die Kinder regelrecht an und war total in und sehr beliebt gewesen. Sie alle wollten plötzlich in diese Schule gehen. So auch die kleine Defne, die nun auf der langen Warteliste stand, weil ihre Eltern sich, aufgrund ihren stressigen Jobs, nicht rechtzeitig um eine Anmeldung kümmern konnten.

Mehr Glück hatte dafür ihre beste Freundin aus ihrer aktuellen Klasse gehabt. Ihr Name war Tamara Schmidinger und sie stammte aus Wien.

Ihre Eltern hatten sie rechtzeitig für die neue Schule angemeldet und sie würde, gemeinsam mit vielen weiteren glücklichen Schülerinnen und Schülern, am kommenden Montag in der ersten Septemberwoche ihre neue Schule besuchen können.

Defne beneidete sie dafür, aber freute sich auch gleichzeitig für das Glück ihrer besten Freundin. Tamara hingegen freute sich zwar auch sehr darüber, war jedoch auch traurig, weil sie dadurch ihre beste Freundin Defne dadurch verlieren würde.

Den beiden Mädchen war schon klar gewesen, dass sie sich auch weiterhin in ihrer Freizeit treffen können, aber sie wussten auch ganz genau, dass es nicht mehr dasselbe sein würde. Sie wussten beide, dass ihr Kontakt zueinander immer sch-

wächer werden und am Ende sogar komplett abbrechen würde. Dann müssten sie sich neue beste Freundinnen suchen.
Doch daran wollten die beiden Mädchen ihre Gedanken in diesem Moment nicht verschwenden. Sie wollten einfach an diesem Tag der offenen Tür die neue Schule in der Stadt bewundern und ihren Aufenthalt darin genießen, seitdem sie sich im ersten Stockwerk zufällig begegnet waren.
Sie hatten sich, nachdem sie die Erlaubnisse ihrer Eltern eingeholt hatten, gemeinsam auf den Weg gemacht, die gesamte Schule zu erkunden.
Sie wollten nichts außer Acht lassen und wollten sich jeden Winkel ansehen und jede Ecke bestaunen.
Sie hatten dabei keine Ahnung wie schnell die Zeit dabei verflogen ist.
Viele Besucherinnen und Besucher waren bereits wieder gegangen.
Doch die beiden Mädchen wollten noch etwas länger bleiben und konnten ihre Eltern gerade noch dazu überreden.
Und während die Eltern ganz erschöpft gewesen waren, weil sie den ganzen Tag gehen und stehen mussten, machten sie es sich auf den Ledersesseln im Erdgeschoss bequem, während sie ein Becher vom köstlichen Kaffee, den sie um 0,50 Cent vom Kaffeeutomaten geholt hatten, gemütlich und entspannten sich erst einmal.
Die beiden Geschwister von Defne seufzten währenddessen und kühlten sich dabei mit jeweils einer Flasche Limonade ab, die sie vom Getränkeautomaten für 0,80 Cent geholt hatten.
Demiray aß zudem noch einen speziellen Schokoriegel, den er vom Snackautomaten für 0,60 Cent geholt hatte. Die Schokoriegel schienen eigens für die Schule produziert worden zu sein, weil die Verpackungen ebenfalls die Motive hatten, die man auf dem Blumenbeet und auch auf der Schulflagge sehen

17

konnte.

Schwarz und Weiß kariert und mit einem blauen R und der Zahl 666 drauf.

Demiray fand den Schokoriegel sehr lecker und wollte, rein aus Provokation, seiner älteren Schwester Demet kein Stück davon abgeben, als sie ihn darum gebeten hatte. Hinterher leckte er sich noch ganz genüsslich und schmatzend die Finger ab während er den bösen und genervten Blicken seiner Schwester mit einem frechen Grinsen entgegnete.

Tamara war ein Einzelkind, weswegen ihre Eltern vom ständigen Jammern und Klagen von weiteren Kindern verschont geblieben waren.

Defne und Tamara waren weiterhin auf Erkundungstour.

Sie hatten bereits sämtliche Stockwerke durch und befanden sich nun auf der obersten Etage und blickten direkt der Kantine entgegen.

Sie näherten sich gespannt und voller Begeisterung der Tür und wollten einen Blick hinein werfen.

Doch schnell mussten die beiden besten Freundinnen feststellen, dass die Tür, die zur Kantine führte, versperrt worden war.

Nur zu gerne würden sie sich auch die Kantine angesehen haben, bevor sie wieder nach Hause gehen mussten.

Doch es schien so, als wäre die Kantine an diesem Tag für die Besucherinnen und Besucher nicht zugänglich gewesen.

Womöglich aus hygienischen Gründen, dachten sich die beiden jungen Mädchen und waren gerade dabei, mit enttäuschten Gesichtern, zurück zu ihren Familien zu kehren.

Es wurde nämlich allerhöchste Zeit für den Heimweg.

Schließlich hatten sie den ganzen Nachmittag in der Schule verbracht und es waren ohnehin bereits die meisten Menschen gegangen.

Und kaum hatten sich die beiden Mädchen umgedreht, hatten sie sich vor lauter Schreck beinahe in die Höschen gemacht. Denn direkt vor ihnen, nur wenige Schritte entfernt, stand der Schulwart, Herr Welsch, der sich still und heimlich zu den beiden Mädchen geschlichen zu haben schien.

Oder aber, die Mädchen hatten ihn nicht kommen hören, weil sie vor lauter Gespanntheit und Nervenkitzel in der sie sich in diesem Moment befunden hatten, ihre komplette Umgebung nicht wahrnehmen konnten.

Auf jeden Fall stand nun ein sportlicher Mann mittleren Alters und einem Dreitagebart mit einer kurzen und gepflegten Frisur vor ihnen und starrte sie eine Weile an. Die beiden Ärmel seines Flanellhemdes, hatte er bis über seinen Ellenbögen hochgekrempelt. An der rechten Seite seiner Jeanshose, hing ein Schlüsselbund mit so vielen Schlüsseln dran, sodass die beiden Mädchen sich wohl im selben Moment gedacht haben müssen, dass er mehr Schlüsseln hatte, als die gesamte Türanzahl der Schule.

Schließlich hatten die beiden alles gründlich inspiziert.

>>*Was habt ihr beiden Mädchen hier verloren?*<<
fragte er sie mit einer ruhigen und ernster Stimme.

>>*Äähmm...*<< fing Defne an zu stottern >>*...wir wollten uns nur die Kantine ansehen, aber sie ist zugesperrt.*<<

>>*Ganz recht.*<< sagte Herr Welsch und fügte hinzu >>*Die Kantine ist an diesem Tag für Besucherinnen und Besucher nicht zugänglich. Ihr solltet lieber ganz schnell wieder zu euren Eltern zurückkehren.*<<

Die beiden Mädchen rannten ganz schnell davon ohne etwas zu sagen und Herr Welsch konnte nur noch ihre arrhythmischen Fußstapfen hören, die immer leiser wurden, als sie die Treppe hinunterliefen.

19

Wieder zurück im Erdgeschoss angekommen, liefen die beiden jungen Mädchen Defne und Tamara in das Wartezimmer, in der ihre Eltern bereits auf sie gewartet hatten.

>>Na endlich! Das wurde aber auch langsam Zeit.<< beschwerte sich Demiray während er dabei seine jüngere Schwester Defne angesehen hatte.

Tamara lief, ebenso wie Defne, zu ihrer Mutter und packte ihre Hand ganz fest zu.

Ohne Zweifel, der seltsame Schulwart, hatte den beiden Mädchen einen Schreck eingejagt.

>>Und? Wie hat die Schule dir so gefallen Schatz?<< wollte Defne's Mutte von ihr wissen, woraufhin Defne, nach einem tiefen Atemzug, folgende Antwort darauf gegeben hatte

>>Super!<< und warf dabei einen Blick zu Tamara hinüber, die ihren Blick erwiderte.

>>Und? Hat dir deine zukünftige Schule auch so gut gefallen wie deiner Freundin Defne meine Süße?<< wollte Tamara's Mutter wissen. Sofort antwortete Tamara wie folgt *>>Ja, sehr Mama!<<*

>>Na das ist doch fabelhaft!<< sagte ihr Vater daraufhin und sie alle fingen zu lachen an.

>>Können wir jetzt bitte endlich nach Hause gehen?<< jammerte Defne's ältere Schwester Demet, woraufhin ihr Vater sagte *>>Ja, jetzt gehen wir nach Hause. Ab ins Auto mit euch!<<*

>>Na endlich!<< jubelte Demiray und lief als erster, allen voran, direkt zum Auto zu.

Defne und Tamara umarmten und verabschiedeten sich voneinander in der Hoffnung, dass sie sich, trotz getrennten Schulen, weiterhin treffen würden.

Doch Defne verspürte dabei so ein mulmiges Gefühl, das ihr womöglich, unterbewusst, das Gegenteil signalisierte.

KAPITEL 2

SEHNSUCHT

Der erste Schultag des neuen Schuljahres hatte begonnen und
Defne saß erneut auf ihrem Platz in ihrer Klasse.
Es war ein warmer Herbsttag und die Sonne schien herrlich am
klaren Himmel während die Vögel, die sich in den Bäumen
eingenistet hatten gesangvoll zwitscherten.
Alle waren da. Sämtliche Klassenkameradinnen und Klassenkameraden von Defne waren gekommen und sie alle wirkten
überaus glücklich. Das war auch kein Wunder, denn sie hatten
sich über den gesamten Sommer hinweg nicht gesehen. Und
jetzt wo sie endlich wieder alle vereint waren, war ihnen klar
geworden, wie sehr sie sich eigentlich alle vermisst hatten.
Einzig und allein Defne schien nicht besonders erfreut darüber
zu sein. Denn der Platz neben ihr war nicht besetzt gewesen.
Der Platz an dem noch vor dem Sommer ihre beste Freundin
Tamara gesessen hatte.
Seit sie das Klassenzimmer mit all den jubelnden Kindern darin betreten hatte, konnte sie nicht aufhören auf Tamara's Platz
zu starren.
Schon vor ihrer Ankunft noch, wusste sie, dass sie ihrer besten
Freundin nicht begegnen und mit ihr all ihre schönen Sommer-
erlebnisse nicht teilen würde.
Zum ersten Mal in ihrem so jungen Leben freute sich Defne
nicht auf die Schule.
Doch jetzt war sie da und musste das beste aus der Situation
machen. Sie wusste, dass es ihr zwar schwer fallen würde, aber
sie versprach sich zu bemühen und nicht so oft an die Abwesenheit von Tamara zu denken.
Sie wusste auch, dass ganz besonders die ersten Tage ihr sehr

schwer fallen würden. Doch andererseits tröstete sie sich mit dem Gedanken, dass ihre beste Freundin mit der sie sich oft über die L.O.L Puppen unterhalten hatte, sich an einem viel besseren Ort befand. An einem Ort an der sie jetzt auch viel lieber gewesen wäre.

Nämlich an der neuen und beliebten Schule THE ROYAL SCHOOL OF VIENNA.

Sie fragte sich selbst, wie es Tamara wohl an ihrem ersten Schultag dort ginge und, ob sie vielleicht jetzt schon eine neue beste Freundin kennengelernt hatte mit der sie sich über die L.O.L Puppen austauschen würde.

Sie machte sich Gedanken und Sorgen darüber, dass Tamara sie möglicherweise vergessen und ihre Beziehung zueinander nicht mehr gut werden würde.

Doch Defne hatte sich geschworen, dass sie das auf gar keinen Fall zulassen würde. Sie würde alles in ihrer Macht stehende tun, um die Beziehung zu ihrer besten Freundin weiterhin zu pflegen und dafür zu sorgen, dass der Kontakt zwischen ihnen niemals abbrechen würde.

Daher konnte sie es kaum erwarten, dass der erste Schultag ganz schnell wieder vorüber ist, sodass sie schnell zu Tamara laufen und sie sehen konnte.

Sie musste unbedingt erfahren, wie es ihr in der neuen Schule erging und wie all die anderen Schülerinnen und Schüler, aber auch ihr neuer Klassenvorstand gewesen waren.

Sie wollte wissen wie ihre neue Sitznachbarin gewesen war. Oder war es doch bloß ein Sitznachbar? Vor allem wollte sie wissen, ob sich Tamara schon mit einem anderen Mädchen gut angefreundet hatte.

Es gab so einiges über die sie mit ihrer besten Freundin plaudern wollte. Und sie konnte es kaum erwarten.

Ständig blickte sie auf die veraltete Uhr, die direkt über der

Schultafel hing. Wann läutet endlich die Schulglocke, die den Schultag beendet?

Doch während sie sich sehnlichst wünschte, dass der Schultag endlich vorbei ist, betrat die Lehrerin, Frau Koch, die Klasse und begrüßte lächelnd ihre Schülerinnen und Schüler.

In diesem Augenblick wurde Defne klar, dass die Schule gerade erst begonnen hatte.

Der erste Schultag endete zwei Stunden früher als es für einen gewöhnlichen Schultag üblich gewesen war.

Doch auch wenn der Unterricht an diesem Tag kürzer gewesen war, so dauerte es für Defne dennoch eine Ewigkeit.

Zudem hatten sie ja nicht einmal einen tatsächlichen Unterricht gehabt. Der erste Schultag bestand meist davon welche Erlebnisse die einzelnen Kinder in ihren Sommerferien gemacht hatten. Jedes Kind durfte dafür an die Tafel vor gehen und von seinen Sommerferien der gesamten Klasse erzählen.

Doch bevor die Kinder anfingen mit jede Menge Begeisterung und strahlenden Augen von ihren großartigen Sommerferien zu erzählen, begann zu aller erst Frau Koch von ihrem Sommer ihren Schülerinnen und Schülern zu berichten.

Zum einen sollte das den Kindern die Schüchternheit nehmen und zum anderen sollte es ihnen helfen, zu wissen, wie sie mit der Erzählung ihrer Erlebnisse beginnen sollten.

Defne war das vierte Kind gewesen, die von ihrem Sommer ihren Klassenkameradinnen und Klassenkameraden erzählen durfte.

Auch sie erzählte zu Beginn ihre Sommererlebnisse voller Begeisterung und berichtete voller Freude von ihrem Familienausflug in die Türkei. Doch als sie dann an den Punkt angelangt war, an der sie vom gemeinsamen Zeitvertreib und dem ganzen Spiel und Spaß, die sie mit ihrer besten Freundin Tamara hatte, erzählte, wurde ihre Stimme leiser sowie ihr Mimik trauriger. Denn während Defne der gesamten Klasse und auch ihrer Lehrerin von den schönen Erlebnissen mit Tamara erzählte, versank sie parallel dazu in tiefe Gedanken und ließ jeden Moment vor ihren braunen Augen wieder vorbeiziehen.

Dabei starrte sie die ganze Zeit über auf den Boden und vergas für einen Moment, dass sie von allen anderen im Klassenzimmer intensiv beobachtet wurde.

All die anderen Kinder fingen bereits untereinander zu flüstern und zu kichern an. Einige von ihnen machten sich über Defne's Art lustig während ein Junge mit einem gelben T-Shirt auf dem das Logo der Zeichentrickserie Beyblade aufgedruckt war, in die Klasse rief >>*Jetzt heult sie gleich!*<<

In diesem Moment fing die gesamte Klasse laut zu lachen an und Defne kam gedanklich wieder zurück in die Gegenwart. Peinlich berührt und verlegen stellte sie fest, dass all die anderen Kinder, die vor ihr saßen, sie auslachten.

Sofort griff Frau Koch ein und beruhigte zunächst die Klasse, um dann Defne mit den Worten zu trösten >>*Das hast du großartig gemacht Defne! Das waren einige wunderbare Erlebnisse, die du in deinen Sommerferien gemacht hast. Auch mir und den anderen in der Klasse wird uns die liebe Tamara sehr fehlen, aber du kannst ihr gerne ausrichten, sobald du sie wieder sehen solltest, dass wir sie vom Herzen grüßen!*<<

Defne lächelte und nickte ihrer Lehrerin zu.

So verging der erste Schultag und Defne war sich sicher, dass sie Tamara noch an diesem Tag wiedersehen werden würde.

Und sie konnte es auch kaum erwarten, all die lieben Grüße von Frau Koch an ihre beste Freundin weiterzuleiten.

Sie war sich absolut sicher gewesen, dass Tamara sich sehr darüber freuen würde. Vielleicht nicht so sehr, wie sie sich selbst darüber freute, aber Tamara würde es sehr gefallen einen

netten Gruß von ihrer ehemaligen Lehrerin zu erhalten.
Allzu viel Zeit wollte Defne daher zu Hause nicht verschwenden.
den.
Sofort nachdem sie fertig aufgegessen hatte, nahm sie die Erlaubnis von ihrer Mutter und rannte sofort los zu Tamara's
Wohnung, um sie zu besuchen und über alles mögliche zu
plaudern.
Da Tamara nur einige Straßen weiter wohnte, hatte es Defne
nicht nötig gehabt die öffentlichen Verkehrsmittel zu benützen.
Für gewöhnlich brauchte sie knapp zehn Minuten bis zu ihr
nach Hause doch bei dem Tempo, den sie an diesem Tag gelegt
hatte, stand sie bereits nach nur sechs Minuten vor der Haustür,
die zum Wohngebäude gehörte, in der sich Tamara's Wohnung
befand.
Voller Vorfreude ihre beste Freundin zu sehen, drückte Defne
die Taste an der Gegensprechanlage, die zu Tamara's Wohnung
gehörte. Schon nach wenigen Sekunden hörte sie ein Knirschen
gefolgt von einer tiefen Männerstimme, die fragte >>*Wer ist
da?*<< Die Stimme gehörte zu Tamara's Vater, der sofort die
Haustür öffnete, nachdem sich Defne verkündet hatte.
Im vierten Stockwerk angekommen wurde Defne bereits mit
der offenen Wohnungstür erwartet. Sie trat herein und wurde
von Tamara's Mutter liebevoll empfangen.
>>*Komm' nur herein Schatz! Ich gebe Tamara Bescheid!*<<
sagte sie zu Defne und ging in Richtung Tamara's Zimmer.
Kaum hatte Defne ihre Schuhe ausgezogen kam ihr Tamara's
Mutter erneut entgegen und sagte >>*Sie erwartet dich Defne.
Geh' ruhig schon mal herein und ich hole euch beiden etwas zu
trinken. Ich hoffe du magst Ananassaft mit Kokos.*<< Defne erinnerte sich daran, dass sie zufällig erst vor wenigen Wochen
Ananassaft mit Kokos getrunken hatte als sie mit ihrer Familie
zu Besuch bei nahen Verwandten gewesen war. Sie wusste

noch, dass es ihr ganz gut geschmeckt hatte, woraufhin sie ganz einfach mit einem >>*Ja, bitte!*<< antwortete.

Tamara's Mutter verschwand mit einem Lächeln in die Küche während Defne in das Zimmer von Tamara verschwand.

>>*Taamaaraa!*<< begann sie sofort vor lauter Freude ihre beste Freundin gesehen zu haben zu schreien an während sie gleichzeitig auf sie zulief und sie ganz fest umarmte.

Im ersten Moment merkte Defne gar nicht, dass Tamara sie nicht gedrückt hatte, sondern vielmehr schweigend und ohne jegliche Reaktion einfach im Zimmer so da stand.

>>*Ach Tamara, ich habe dich heute in der Schule so sehr vermisst, dass kannst du dir gar nicht vorstellen.*<< Verkündete Defne ihrer besten Freundin und merkte immer noch nicht, dass Tamara irgendwie abwesend zu sein schien.

>>*Ich habe dich heute in der Schule auch vermisst.*<< Ließ Tamara sie mit einem ungewöhnlich kaltem Ton wissen. Sie sagte zwar, dass sie ebenfalls Defne vermisst hatte, jedoch passten weder ihre Körperreaktion noch ihr Gesichtsausdruck dazu. Es wirkte so, als ob sie in Wahrheit ihre beste Freundin gar nicht vermisst und sie einfach angelogen hatte.

Durch die ungewöhnlich kalte Haltung Tamara's empfang Defne ein seltsames Signal, das ihr vermittelte, dass an Tamara etwas verändert worden war. Doch bevor sie etwas länger darüber grübeln konnte, betrat Tamara's Mutter mit zwei Gläsern Ananassaft das Zimmer und überreichte mit einem netten Lächeln jeweils eines den beiden Mädchen.

Beide nahmen die Gläser dankend an und Tamara's Mutter verließ wieder das Zimmer mit den Worten >>*Lasst sie euch schmecken und habt viel Spaß ihr Schätze!*<<

Defne nahm sofort ein Schluck und konnte dabei beobachten, wie Tamara ihr Glas, ohne ein Schluck genommen zu haben, auf ihren Lerntisch abstellte, der direkt neben ihrem Bett stand.

Auf ihrem Bett mit My Little Pony Bettwäsche saßen schön der Reihe nach einige L.O.L. Puppen.

Defne stellte ihr Glas auch auf den Lerntisch ab und fragte >>*Hast du keinen Durst oder schmeckt der Saft dir nicht?*<< Ohne lange zu überlegen gab Tamara sofort eine Antwort >>*Weder noch. Ich habe im Moment keine Lust darauf. Aber du kannst gerne weiter trinken und wenn du sogar möchtest meinen auch gleich hinterher.*<<

>>*Hmm, mal sehen.*<< Sagte Defne darauf, zuckte dabei mit ihren Schultern und wollte Tamara endlich die lieben Grüße von Frau Koch und der Klasse überbringen.

>>*Frau Koch und die anderen lassen dich schön grüßen! Auch sie vermissen dich sehr.*<<

>>*Oh, wie nett von ihnen. Bitte grüße sie zurück!*<< Und wieder die selbe kalte Haltung. Defne hatte eine ganz andere Reaktion erwartet. Mit einer solchen Reaktion hätte sie nicht gerechnet. Was war hier bloß los?, dachte sie sich. Wieso benimmt sich Tamara so seltsam?

>>*Du scheinst dich nicht sonderlich darüber zu freuen.*<< Stellte Defne mit einer berechtigten Vermutung fest, woraufhin Tamara ihr eine Antwort gab mit der sie erst recht nicht gerechnet hatte >>*Ehrlich gesagt, ist es mir egal.*<<

Dieser Satz traf Defne ganz hart und schockierte sie wie es niemals zuvor irgendetwas oder irgendjemand geschafft hatte. Was meinte sie damit? Wie konnte sie so etwas überhaupt sagen, wo Defne doch ganz genau wusste, wie gern Tamara Frau Koch und ihre Klasse sehr gut leiden konnte?

Was war hier bloß los? Was war bloß mit Tamara los?

Defne konnte es sich nun nicht mehr länger verkneifen und fing plötzlich ganz einfach und direkt zu fragen an >>*Was ist los Tamara? Du verhältst dich ein wenig seltsam. Ist etwas vorgefallen? War irgendjemand in der neuen Schule gemein zu dir?*<< Dabei hatte Defne all die Zeit über ganz andere Fragen im Sinn und würde sich viel lieber über Tamara's ersten Tag in der Schule unterhalten und darüber, ob sie jetzt schon eine neue beste Freundin hatte und auch, wie es ihr generell dort gefällt. Sie hatte noch so viele Fragen und hatte sich den ganzen Tag darauf gefreut sich mit ihr auszutauschen. Doch nun hatte sie vollkommen andere Fragen, die sie beschäftigten und auf die sie gerne eine Antwort hätte. Sie musste unbedingt wissen was vorgefallen war und wieso Tamara sich so seltsam verhält. >>*Gar nichts Defne. Bei mir ist alles ok. Es ist nur so, dass ich ein wenig müde bin.*<< Damit wollte Tamara Licht ins Dunkel bringen. Müdigkeit also soll die Ursache für Tamara's seltsame Verhalten sein, dachte sich Defne stirnrunzelnd. Da könnte etwas dran sein, redete sie sich ein und versuchte Tamara zu einem gemeinsamen Spiel zu überreden, so wie sie das immer getan hatten. Doch zu ihrem Bedauern lehnte Tamara ab und machte dadurch deutlich, dass sie im Moment Lust auf gar nichts hatte. Weder auf ein nettes Gespräch über den ersten Schultag noch auf ein gemeinsames Spiel. Sie hatte ja nicht einmal Lust auf den leckeren Ananassaft mit Kokos. Wie konnte man auf ein Getränk keine Lust haben das wie Ananas schmeckte und nach Kokos roch? Das war alles in einem sehr eigenartig fand die verwirrte kleine Defne.

Weil sie zum ersten Mal das Gefühl vermittelt bekam, dass sie ausgerechnet ihrer besten Freundin auf die Nerven ging, wollte sie sie nicht länger belästigen und beschloss sich wieder zu verabschieden. Sie umarmte Tamara ein weiteres Mal, doch auch diesmal erwiderte Tamara die freundschaftliche und liebevolle Umarmung nicht.

Ohne ein weiteres Wort zu verlieren, verließ Defne mit gesenktem Kopf Tamara's Zimmer und sah ihr ein letztes Mal mit traurigen Blicken in die Augen. Tamara's lächelte zwar, aber ihre Blicke strahlten eine eisige Kälte aus, die Defne nicht kannte. Sie machte die Tür hinter sich zu und ging zum Vorzimmer, um sich ihre Schuhe anzuziehen.

Kaum hatte sie ihren linken Fuß in den zweiten Schuh hineingesteckt, kam ihr auch schon Tamara's Mutter entgegen, die mit einem netten Lächeln im Gesicht fragte >>*Und Defne Schatz, habt ihr Zwei euch auch schön unterhalten?*<< Defne antwortete nicht sofort, sondern überlegte sich, wie sie am besten die Situation, die sich in Tamara's Zimmer vorgefunden hatte, beschreiben könnte. Doch alles was ihr als eine Antwort eingefallen war, war eine Gegenfrage >>*Was ist mit Tamara los? Sie verhält sich so seltsam.*<< Tamara's Mutter beugte sich zu Defne hinunter, um ihr besser in die Augen sehen zu können und beantwortete ihre Frage >>*Ich denke, das liegt an der neuen Schule, weißt du? Es ist alles noch so neu für sie. Die neue Schule, die neuen Lehrerinnen und Lehrer, die neuen Kinder in der Klasse. Ich denke, sie braucht noch ein wenig Zeit, um das alles zu verarbeiten und sich an all das zu gewöhnen.*<< Danach streichelte sie mit einem liebevollen Lächeln Defne's Schulter und sagte dabei >>*Gib ihr bitte noch etwas Zeit! Du wirst sehen, sie ist schon bald wieder die alte Tamara.*<< Defne sagte nichts dazu. Es klang für sie einleuchtend. Tamara's Mutter könnte recht haben. Vielleicht ist das alles wirklich etwas zu viel für sie. Vielleicht geht es ihr schon morgen wieder besser und sie ist wieder ganz die alte. Das würde sie auf jeden Fall morgen abchecken und nach ihrer besten Freundin sehen. Doch jetzt war es erst einmal an der Zeit wieder nach Hause zurückzukehren.

Sie verabschiedete sich von Tamara's Mutter und teilte ihr mit, dass sie morgen erneut zu Besuch kommen würde. >>*Jederzeit Spätzchen und grüße deine Mutter von mir!*<< sagte Tamara's Mutter, bevor sie die Tür hinter Defne zumachte.

Wieder Zuhause angekommen konnte Defne nicht aufhören daran zu denken, was ihrer besten Freundin Tamara tatsächlich widerfahren sein könnte.

Die Theorie von ihrer Mutter klang zwar einleuchtend, aber Defne hatte wieder das mulmige Gefühl im Magen, das sie bereits letzte Woche bei der Eröffnung der ROYAL SCHOOL OF VIENNA gehabt hatte. Sie war sich sicher, dass Tamara's Zustand viel mehr gewesen war als nur das Verhalten eines Mädchens, die ihre Schule gewechselt hatte.

Sie kannten sich ja schließlich auch bereits seit einigen Jahren und es spielte keine Rolle wie jung sie noch waren. Defne war alt genug, um eine solche Veränderung erkennen zu können.

Mag sein, dass ihrer eigenen Mutter das seltsame Verhalten ihres Kindes noch nicht wirklich aufgefallen war, aber Defne und Tamara pflegten eine noch engere Beziehung zueinander. Sie waren wie zwei eng verbundene Schwestern, die vieles zusammen unternahmen und viel miteinander teilten. Selbst von Tamara's Schwarm aus der Schule wusste ihre Mutter nichts. Niemand außer Defne wusste etwas davon. Nicht einmal der Junge selbst. Diese Art von Geheimnissen behielten sich die beiden besten Freundinnen stets für sich.

Defne war sich sicher, dass da noch viel mehr dahinterstecken musste und sie würde auf jeden Fall am nächsten Tag Tamara darauf ansprechen.

Während sich Defne in ihrem Zimmer aufhielt und ein Buch las, ihre Schwester Demet auf Shoppingtour und ihr Bruder Demiray im Fitnessstudio gewesen waren, saßen ihre Eltern, die ein Besuch empfangen hatten, im Wohnzimmer. Defne konnte deren Unterhaltung zufällig mitanhören.

Die Nachbarin, Selma Aydemir, die ein Stockwerk über ihnen wohnte war wiedereinmal zu Besuch gekommen. Sie ging auf das Ende ihrer Dreißiger zu und war bislang nicht verheiratet gewesen. Seit Defne und ihre Familie sie vor Jahren bei ihrem Einzug kennengelernt hatten, lebte sie alleine. Sie bekam lediglich Besuch von Familienmitgliedern, Freundinnen und ihren Arbeitskolleginnen. Und eben auch von Defne und ihrer Familie.

Es war nicht gewöhnlich, dass eine Frau ihres Alters, die zudem noch sehr attraktiv gewesen war, noch nie in ihrem Leben verheiratet gewesen war. Aus Neugierde hatte Defne eines Tages ihre Mutter darauf angesprochen, die ihr sagte, dass Selma noch nicht das Glück hatte ein Partner kennenzulernen, die zu ihren Vorstellungen passte. Daraufhin war Defne noch neugieriger geworden und wollte von ihrer Mutter wissen, was das genau zu bedeuten hatte, jedoch brach ihre Mutter das Gespräch ab und teilte ihr mit, dass sie viel zu jung für Gespräche dieser Art wäre und ermahnte sie, dieses Thema in Gegenwart von Selma nicht anzusprechen, da dies sehr unhöflich wäre.

Seither hatte Defne dazu geschwiegen und hatte nicht mehr daran gedacht.

Nach dem Klirren der Teegläser, die jedes Mal entstanden, wenn Erwachsene ihren Schwarztee mit einem kleinen Löffel aus Metall umrührten, um das sich darin befindende Zucker aufzulösen, setzten sie ihre Unterhaltung fort.

Defne, die noch viel zu jung gewesen war, um auch türkischen Schwarztee zu trinken, lag ihr Märchenbuch aus der Hand und lauschte intensiv der Unterhaltung, die ab einem gewissen Punkt ihr Interesse erweckt hatte.

Denn Selma sprach von einem ihrer Arbeitskolleginnen, deren jüngerer Sohn ebenfalls in die beliebte ROYAL SCHOOL OF VIENNA ging und sein Verhalten, laut seiner Mutter, sich verändert hatte.

Sie soll Selma noch am selben Tag davon berichtet und festgestellt haben, dass ihr Sohn, der sonst immer so aufdringlich gewesen war, sich plötzlich ruhig und eher zurückhaltend benahm. Ein solches Verhalten von ihm war sie nicht gewohnt gewesen, weswegen es ihr auch sofort aufgefallen war.

Auch sie soll der Meinung gewesen sein, genau wie die Mutter von Tamara, dass es an der neuen Schule und daran, dass er gewechselt hatte, liegen könnte. Sie würde auf jeden Fall sein Verhalten weiter im Blickfeld behalten und seine Entwicklung genau beobachten.

Das war sehr merkwürdig fand Defne.

Ein Junge, den sie nicht kannte, zeigte angeblich das selbe seltsame Verhalten wie ihre beste Freundin Tamara, nach seinem ersten Tag in der ROYAL SCHOOL OF VIENNA.

Jetzt wurde das Ganze noch interessanter und noch spannender. Das konnte unmöglich ein Zufall sein.

Defne wusste, dass da etwas ganz und gar nicht stimmte. Was es genau war wusste sie nicht, aber sie wusste, dass das nicht normal sein konnte.

Sie überlegte sich, ob es viellicht noch weitere Kinder gab, die das selbe Verhalten wie Tamara und der unbekannte Junge zeigten. Was wenn noch andere Kinder diese merkwürdigen Symptome zeigten? Was wenn alle Kinder, die in der ROYAL SCHOOL OF VIENNA angefangen hatten, dieses seltsame Verhaltensmuster aufwiesen?

Defne mochte zwar sehr jung und noch ein Kind sein, aber sie war schon lange erwachsen und reif genug, um Veränderungen, erst recht seltsame, wahrnehmen zu können.

Ihr sechster Sinn ließ sie einfach nicht in Ruhe. Sie war sich absolut sicher, dass in der neuen Schule etwas vorgefallen war. Doch diese Erkenntnis war ihr noch lange nicht genug. Sie musste sich auch davon überzeugen. Sie musste es selbst in Erfahrung bringen. Sie musste unbedingt herausfinden, was mit ihrer besten Freundin Tamara nicht stimmte. Koste es was es wolle.

Der nächste Tag war bereist angebrochen und es war auch schon wieder Schulschluss.
Der zweite Schultag sah schon viel mehr nach einem richtigen Schulbesuch aus, weil der reguläre Unterricht bereits begonnen hatte.
Für einige der Schulfächer mussten noch ein paar Utensilien wie Hefte, Mappen, Stifte und vieles mehr besorgt werden.
Und es gab auch schon die ersten Einträge in das Mitteilungsheft, um die Eltern davon in Kenntnis zu setzen, wie das zukünftige Programm in der Schule aussehen wird und welche Treffen bereits geplant wurden.
Noch bevor Defne gemeinsam mit ihrer Mutter oder ihrer älteren Schwester Demet, je nachdem wer dafür zur Verfügung stand, ihre Einkäufe erledigen konnte, wollte sie zunächst Tamara besuchen.
Daher machte sie sich sofort nach der Schule direkt auf den Weg zur Tamara's Wohnung, um nach ihrer besten Freundin zu sehen.
Schon den ganzen Tag lang konnte sie an nichts anderes denken als an ihre beste Freundin, weswegen sie eher abwesend gewesen war und dem gesamten Unterricht nicht folgen konnte. Zum Glück war das ihrer Lehrerin, Frau Koch, nicht aufgefallen. Ärger würde sie schon deswegen nicht bekommen, aber Defne würde sich einfach unwohl fühlen, wenn sie auf irgendeine Art und Weise schlecht auffallen würde. Das war man von ihr nicht gewohnt gewesen und das konnte auch gerne so bleiben. Sie war schon immer eine nette und fleißige Schülerin gewesen, die keinen einzigen Tag negativ aufgefallen war. Die ewige brave Schülerin. Diesen Titel musste sie ver-

teidigen.

Abgesehen davon gab es da noch ihre alleinstehende Nachbarin, Selma Aydemir. Sie war eine Plaudertasche und würde so etwas bestimmt weitererzählen und weiß der Geier welche Unwahrheiten noch dran hängen. So etwas schreckliches durfte einfach nicht passieren. Das konnte sich Defne einfach nicht leisten.

Diesmal lief sie zwar nicht, aber ging dafür recht schnell, sodass ihr liebevoll geflochtener Zopf, dessen Ende mit einem violetten glitzer Haargummi festgebunden war, wie ein Metronom hin und her pendelte. Und mit ihrer L.O.L. Surprise Schultasche am Rücken konnte sie dabei sehr schnell zum Schwitzen und zum Schnaufen kommen. Doch die waren im Moment unbedeutend.

Sie musste so schnell wie möglich Tamara sehen. Nachsehen, ob sich etwas verändert hatte. Ob es ihr schon wieder besser ging oder, ob ihr Zustand sich noch mehr verschlechtert hatte. Sie wollte an nichts schlimmes denken, aber es wollte sie einfach nicht loslassen. Defne machte sich einfach zu große Sorgen, um ihre beste Freundin.

Defne liebte ihre beste Freundin viel zu sehr.

Endlich war sie bei Tamara angekommen und lief schnell die Treppen hoch. Auf den Aufzug zu warten würde viel zu lange dauern. Sie war zu ungeduldig und bevorzugte es viel lieber in den vierten Stock hinaufzurennen.

Als sie oben angekommen war, musste sie erst einmal eine kleine Verschnaufpause machen und durchatmen. Mit einer Hand stützte sie sich an der Wand ab. Das war definitiv genug Sport für heute. Ihr Bruder Demiray wäre bestimmt neidisch auf sie, dachte sie sich mit einem entstellten Schmunzeln. Denn es dauerte immer eine Weile bis ihr schweißtrunkenes Gesicht, das sich wiedereinmal zu einem grinsenden Totenkopf verzogen hatte, den Normalzustand wieder annimmt.

Schließlich, nach guten sechs Minuten, hatte sie sich wieder erholt. Ihr Herzschlag schlug auch wieder im gewöhnlichen Rhythmus und sie war endlich bereit anzuklopfen.

Tamara's Vater öffnete die Tür und teilte Defne mit, dass Tamara zusammen mit ihrer Mutter, sofort nach der Schule, einkaufen gegangen sind. Denn auch für die verschiedenen Unterrichtsfächer von Tamara werden ebenfalls Schulsachen benötigt. Auf ihre Frage, wann sie etwa wieder zurückkommen würden, sagte Tamara's Vater, dass er es nicht wisse.

Nach einem kurzen Seufzer bedankte sich Defne bei ihm und verabschiedete sich enttäuscht.

All der Stress, all der Schweiß waren umsonst gewesen.

Auf dem Heimweg dachte sich Defne, dass sie am besten auch mit ihrer Mutter hätte einkaufen gehen sollen, aber sie war sich eben ganz sicher gewesen, dass Tamara Zuhause sein würde, weswegen sie erst gar nicht auf die Idee gekommen war, dass sie sofort nach der Schule mit ihrer Mutter einkaufen gehen würde.

Jetzt musste sie wieder auf den nächsten Tag warten bis sie Tamara wiedersehen konnte.

Denn sobald sie Zuhause ankommen würde, würde sie erst einmal essen und danach auch einkaufen gehen. Wieder zurück würde sie ihre ersten Hausaufgaben machen müssen, die sie von Frau Koch erhalten hatte. Es war eigentlich dasselbe, was sie bereits am ersten Tag schon erledigt hatten. Nämlich eine Geschichte über den vergangenen Sommer. Diesmal wollte Frau Koch sämtliche Geschichten als Aufsatz haben. Hinterher würde es dann schon viel zu spät werden, um ein weiteres Mal Tamara zu besuchen. Denn Defne's Eltern erlaubten ihr nicht so spät noch unterwegs zu sein und schon gar nicht alleine. Somit war ihr klar gewesen, dass sie eine weitere Nacht die

Zähne zusammenbeißen und gespannt auf den nächsten Tag warten musste. Sie machte sich aber vielmehr Sorgen darüber, dass sie diesmal möglicherweise noch abwesender im Unterricht sein würde als an diesem Tag.

Die Einkäufe für die Schule waren erledigt. Die Hausaufgaben waren erledigt. Defne war erledigt. Für Defne war an diesem Tag keine Nacht länger gewesen als in dieser Nacht.
Irgendwie kam es ihr so vor, als würde es einfach nicht morgen werden wollen. Als wollte die Sonne einfach nicht aufgehen wollen.
Es war mit Abstand die längste Nacht in ihrem Leben bis dahin gewesen.
Doch so war es nunmal. Jedes Mal wenn man irgendetwas ungeduldig abwarten musste, schien die Zeit einfach nicht zu vergehen.
Wie ging der Spruch doch gleich, den Defne's Vater ihr vor einiger Zeit gesagt hatte, um ihr die Wartezeit bis zu dem einen Wochenende leichter zu machen, nachdem sie erfahren hatte, dass sie einen gemeinsamen Familienausflug in den Wiener Prater machen würden?
Ach ja, jetzt war er ihr wieder eingefallen, *„Wenn man auf etwas wartet, vergeht die Zeit langsam. Wenn man sich vor etwas fürchtet, vergeht die Zeit schnell. Wenn man Sorgen und Kummer hat, kommt die Zeit einem länger vor und wenn man glücklich ist und sich in Freude wälzt, kommt die Zeit einem kürzer vor."*
Wie recht ihr geliebter Vater doch hatte, dachte sich Defne. Sie musste einfach aufhören darauf zu warten und versuchen endlich einzuschlafen. Denn je schneller sie einschlafen würde, umso schneller würde die Zeit auch vergehen. Sie hörte auf weiter daran zu denken, schloss ihre Augen, entspannte ihren

Körper und schlief ein.

Ihr Vater musste immer sehr früh mit seiner Arbeit als Paket-zusteller anfangen und die Schicht ihrer Mutter fing um 10.00 Uhr am Vormittag an, weswegen Defne täglich von ihrer lieben Mutter zur Schule begleitet wurde.
Und dieses Mal eilte sie ihrer Mutter deutlich voraus. Wo sie doch sonst immer die Hand ihrer Mutter haltend neben ihr her-ging, ging sie nun mit schnellen Schritten knapp einen Meter vor ihrer Mutter.
Defne dachte sich wohl, dass der Tag schneller an ihr vorbei-ziehen würde, wenn sie sich ein wenig schneller bewegte.
Denn schließlich wollte sie nach wie vor unbedingt ihre beste Freundin Tamara besuchen, um nach ihr zu sehen.
Gerade als sie die Straße überqueren wollte, schaltete die Am-pel auf Rot und sie musste, gegen ihren Willen, stehenbleiben. Doch so waren nunmal die Verkehrsregeln und jeder Mensch musste sich daran halten. So konnte ihre Mutter sie aufholen und Defne schnell an der Hand halten. >>*Bitte gehe nicht so weit vor Schätzchen! Bleibe bei mir und halte lieber meine Hand!*<< Wurde sie von ihrer Mutter ermahnt.
So war Defne „gezwungen" den Rest des Schulweges erneut Hände haltend zu gehen.

Und die lange Schulglocke erklang auch an diesem Tag, um allen Schülerinnen und Schülern mitzuteilen, dass es an der Zeit war nach Hause zu gehen.
Zu ihrer Überraschung musste Defne an diesem Tag nicht so sehr an Tamara denken. Sie vermisste sie selbstverständlich weiterhin, aber sie versuchte, mit Erfolg, sich lieber auf den Unterricht zu konzentrieren und nicht zu viele Gedanken an anderen Dingen zu verschwenden.

Daher war ihre Mitarbeit an diesem Tag viel aktiver als am Tag davor.

Nur die Pausen waren für sie träge und langweilig gewesen. Ohne ihre beste Freundin hatte sie sonst niemanden mit dem sie ihre Pausen verbringen und sich über L.O.L. Puppen unterhalten konnte. Und irgendwie schmeckten ihre Jausen auch nicht mehr so appetitlich wie in der Zeit in der Tamara noch bei ihr gewesen war. Selbst ihr Essen also wurde dadurch langweilig. Der Unterricht, die Pausen, das Essen, einfach die ganze Schule war ohne ihre beste Freundin langweilig geworden. Wie sollte sie das alles bloß alleine überstehen? Würde sie sich je an die Abwesenheit ihrer besten Freundin Tamara gewöhnen können? Sie vermisste sie viel zu sehr. Und ihre Sehnsucht nach Tamara sollte jetzt ein Ende haben. Denn Defne war erneut mit schnellen Schritten zur Tamara's Wohnung unterwegs gewesen. Wieder schwitzte und schnaufte sie. Wieder pendelte ihr liebevoll geflochtener Zopf hin und her.

Diesmal hatte sie jedoch auf den Fahrstuhl gewartet. Endlich stand sie wieder vor der Tür zur Tamara's Wohnung.

Sie wischte sich noch schnell ein paar Schweißtropfen mit ihrem Handrücken von der Stirn ab, bevor sie anklopfte.

Und wieder öffnete Tamara's Vater die Tür und begrüßte sie freundlich. >>*Hallo Defne!*<< Sagte er und bat sie herein.

Lächelnd betrat Defne die Wohnung. >>*Zieh' schon mal die Schuhe aus bitte! Ich gehe und gebe Tamara Bescheid, dass du da bist.*<< Sagte er und verschwand aus ihrem Blickwinkel.

Tamara's Mutter schien nicht da zu sein. Sie war wohl noch in der Arbeit oder musste vielleicht Lebensmitteleinkäufe erledigen, dachte sich Defne während sie ihre Schultasche auf den Boden abstellte und ihre Schuhe auszog. Und sie musste sich ehrlich eingestehen, dass sie ein wenig aufgeregt gewesen war, weil sie vermutet hatte auch an diesem Tag Tamara verpasst zu haben, weil ihr Vater die Tür geöffnet hatte. Doch sie war froh, dass Tamara Daheim gewesen war.

So schnell wie er verschwunden war so schnell tauchte er wieder auf und ging auf Defne zu. >>*Sie erwartet dich in ihrem Zimmer.*<< Sagte er zu ihr und verschwand erneut, diesmal im Wohnzimmer. Defne betrat Tamara's Zimmer und da stand sie endlich wieder. Defne's beste Freundin. Und wieder begrüßte und umarmte Defne ihre beste Freundin wie zwei Tage zuvor. Und wieder musste sie, zu ihrem Bedauern, feststellen, dass Tamara's Zustand genau die selbe war wie zwei Tage zuvor. Dabei hatte sie die ganze Zeit über gehofft, dass sie wieder ganz die alte werden würde. Doch leider war dies nicht der Fall gewesen. Tamara wirkte nach wie vor kalt und ruhig. Sie war definitiv verändert gewesen. Doch Defne war dennoch irgendwie auch froh darüber. Denn Tamara's Zustand hätte sich auch verschlechtern können. Doch man sollte ja bekanntlich nicht den Tag vor dem Abend loben. Denn es bestand keine Garantie dafür, dass sich Tamara's Zustand doch noch verschlechtern, aber vielleicht sogar wieder verbessern würde. Defne musste es einfach abwarten und sich erst einmal an die neue Tamara gewöhnen während sie gleichzeitig ihre Entwicklung beobachten müsste. Sie wusste, nein, sie war sich einfach absolut sicher, dass irgendetwas in der neuen Schule vorgefallen war, das für das seltsame und ungewöhnliche Verhalten ihrer besten Freundin verantwortlich sein musste. Defne hatte es sich ab diesem Zeitpunkt an zur Aufgabe gemacht, ihrer Freundin zu helfen und herauszufinden was die Ursache dafür sein könnte. Sie würde ihre beste Freundin ganz bestimmt nicht im Stich lassen. Dafür waren doch schließlich Freunde da. Und erst recht beste Freunde. Man musste füreinander da sein. Ganz besonders an schlechten Zeiten. Defne wusste, dass Tamara ihre Hilfe nötig hatte. Und sie würde sich auch schon etwas einfallen lassen, um ihr zu helfen. Denn Defne brauchte ihre beste Freundin. Sie brauchte die echte Tamara. Da auf die Eltern von Tamara kein Verlass gewesen war, weil sie ja nicht einmal im Stande gewesen waren, zu erkennen, dass ihre eigene Tochter sich verändert hatte und, weil sie ganz genau wusste, dass sie sonst niemanden dazu überreden hätte können, beschloss Defne der Sache ganz alleine auf den Grund zu gehen. Wer weiß, vielleicht würde sie ja ihren beiden älteren Geschwistern etwas davon erzählen und sie dabei um ihre Unterstützung bitten, aber auch hier wusste sie, dass sie von ihrer Schwester nur dann eine Unterstützung bekommen würde, wenn es um den Einkauf von irgendwelchem Schnick-Schnack geht und ihr Bruder seine Unterstützung nur dann anbieten würde, wenn es dabei um irgendwelche muskelfördernde Produkte geht. Abgesehen davon war die eine ohnehin damit beschäftigt den Verfügbarkeitsrahmen der Kreditkarte ihres Vaters zu sprengen während der andere mit seinem eigenen Körper beschäftigt gewesen war. Sie würden ganz bestimmt nicht ihre Zeit damit verschwenden wollen ihrer jüngeren Schwester dabei zu helfen herauszufinden was ihrer besten Freundin widerfahren ist. Also war Defne ganz auf sich alleine gestellt. Sie musste sich nur einen guten Plan überlegen und sich so schnell wie möglich an die Arbeit machen. Sie würde nur viel zu gerne mehr Zeit mit ihrer besten Freundin verbringen, aber Tamara wirkte einfach nur abwesend und schien nicht besonders an der Gesellschaft von Defne interessiert zu sein. Das schmerzte Defne zwar, aber sie wusste, dass die richtige Tamara so etwas niemals machen würde. Also verzieh sie ihrer Freundin ihr unhöfliches Verhalten und hatte Verständnis dafür. Defne verabschiedete sich, umarmte Tamara und versprach ihr, nahezu flüsternd, so als würde sie zu einer Tamara, die sich in ihrem Unterbewusstsein befand, sprechen >>*Ich werde dich nicht alleine lassen, versprochen.*<<

KAPITEL 3

DER AUFREISSER

Wie jeden Tag hatte sich Demiray gleich nach der Schule auf zum Fitnessstudio gemacht. Seit seiner Anmeldung, zu dem sein Vater ihn begleiten musste, weil er noch Minderjährig war und nicht selber unterschreiben durfte, hatte er tatsächlich keinen einzigen Tag versäumt. Sein Vater war auch derjenige, der die Mitgliedsbeiträge zahlen durfte. Er war zwar nicht sehr erfreut darüber, aber gab sich damit einverstanden, solange sein Sohn regelmäßig zum Training ging und dadurch sein hart verdientes Geld nicht einfach so in den „Müll" wirft.

Dieser Punkt war einer der wenigen, an die sich Demiray auch wirklich diszipliniert hielt. Denn schließlich ging es dabei um den Aufbau von Muskeln und einem durchtrainierten Körper, deren einziger Zweck darin bestehen sollte Mädchen aufzureißen.

Er wollte zu den coolen und gut aussehenden jungen Männern gehören anstatt einer von denen zu werden, denen es egal gewesen war wie sie aussehen und auch geringe bis gar keine Chancen bei Mädchen hatten. Für Demiray waren sie allesamt Versager gewesen. Und zu denen wollte er ganz und gar nicht gehören. Wenn man schon mit dem Finger auf ihn zeigen wollte, dann nur deswegen, weil er so ein gut aussehender und heißer Typ war.

So lag er also wieder auf der Bank und pumpte die insgesamt 20 kg Hanteln mit langsamen Bewegungen auf und ab.

Er machte immer drei Wiederholungen mit jeweils dem selben Gewicht, bevor er die Station änderte und anfing einen anderen Körperteil zu trainieren. Da ihm Bizeps und Bauchmuskeln sehr wichtig gewesen waren, verbrachte er mehr Zeit damit sie in Form zu bringen. Demiray hatte keinen persönlichen Fitnesscouch, der ihm zeigte wie er was trainieren, aber auch wie er sich ernähren musste, um so schnell wie möglich seine Traumfigur zu erhalten. Seinem Vater war das viel zu teuer gewesen. Die meisten Tipps hatte er sich im Fitnessstudio allein vom Zusehen oder durch kurze Gespräche mit Profis geholt. Ansonsten sah er sich die einzelnen Trainingsmethoden auf YouTube an oder folgte einigen Influencern auf Instagram, die kurze Videos von sich teilten in denen sie mit detaillierten Erklärungen das richtige Training vorzeigten, aber auch für diverse Sportnahrungsprodukte warben, die angeblich vielversprechend und gesund sein sollten. Kostspielig waren sie auf jeden Fall.

Demiray war der Meinung gewesen, dass er sein Ziel auch ohne diese extravaganten und überteuerten Muskelaufbauprodukte erreichen würde. Er musste dafür nur diszipliniert trainieren und sein Trainingsplan ordentlich einhalten. Mag sein, dass es dadurch möglicherweise ein wenig länger dauern würde, aber umso viel länger als vielleicht zwei bis drei Monate würden es schon nicht sein, dachte er sich. Alles halb so schlimm also.

Auf jeden Fall würde er es bis zum Schluss durchziehen und weiterhin fleißig trainieren kommen. Seine Eltern wünschten sich nur, dass er den selben Fleiß auch in der Schule zeigen würde. Dumm war er nicht. Er war nur ein wenig faul, wenn es um Dinge ging, die ihn nicht besonders interessierten. Wenn es etwas gab, das ihn sehr interessierte, war nicht aufzuhalten. Andererseits war er auch nicht besonders klug, da er das Sporttraining seiner Zukunft vorgezogen hatte. Denn von einer guten Schulausbildung hätte er definitiv viel mehr und eigentlich nur Vorteile haben können. Dem Sporttraining hätte er währenddessen immer noch nachgehen können. Doch Demiray war kein besonders vorausdenkender Mensch gewesen. Er überlegte sich etwas und versuchte diesen Plan auf der Stelle umzusetzen. Er lebte quasi für den Moment. Und im Moment war er dabei sein Körper zu formen. Und das allein dafür, dass ihn die Mädchen anhimmelten.

Mittlerweile war mit dem Bankdrücken fertig geworden und machte nun mit dem Bauchmuskeltraining weiter. Hinterher waren die Beine dran gewesen. Demiray fand, dass viele auf ihr Beintraining nicht achteten oder es sogar komplett vergessen würden. Einige verzichteten sogar freiwillig darauf, weil sie der Meinung gewesen waren, dass ein durchtrainierter Oberkörper wichtiger sei. Demiray wollte jedoch viel lieber seinen gesamten Körper trainieren.

Er fand, das gehörte sich so und würde auch noch viel besser aussehen, wenn alles gleichmäßig trainiert worden ist anstatt herumzulaufen wie ein umgekehrtes menschliches Trapez.

Als er gerade mit dem zweiten Satz seines Bauchmuskeltrainings begann, fiel ihm eine schlanke, sportliche und hübsche junge Dame auf, die, ihrer athletischen Figur nach zu beurteilen, ebenfalls länger zu trainieren schien. Sie ging an ihm vorbei und bemerkte ihn zunächst überhaupt nicht. Vielleicht tat sie auch nur so, als ob sie ihn gar nicht wahrgenommen hätte, weil er sie nicht so sehr interessierte wie sie ihn. Vielleicht lag es aber auch daran, dass sie um ein paar Jahre älter war als er. Demiray hingegen konnte seine Augen von ihr nicht lassen und unterbrach sein Training für etwa zwei Minuten, um sie besser beobachten zu können. Er schaffte es einfach nicht seine Augen von ihr zu nehmen und schmolz beinahe dahin, sobald sie mit ihrem Squat Training angefangen hatte. Noch nie zuvor hatte er etwas einfaches wie Kniebeugen so dermaßen anziehend gefunden. Es war hypnotisierend gewesen. Und wie schön erst ihr Gesäß dabei ausgesehen hatte in ihren hautengen hellgrauen Leggings. Für Demiray war es ein großartiger Anblick gewesen. Ein Anblick, der auch schon wieder schnell ein Ende nehmen musste.

Demiray musste nämlich auf eine unangenehme Art feststellen, dass sich plötzlich zwei junge Männer mit gut gebauten Körpern direkt vor ihm stellten und sein Blickfeld auf die junge und sehr attraktive Dame versperrten.

Da kam Demiray wieder zu sich und richtete seine volle Aufmerksamkeit auf die beiden jungen Männer, die grob geschätzt, etwa siebzehn oder achtzehn Jahre alt sein mussten.

>>*Hey du! Wo starrst du da hin?*<< Wollte einer der fremden jungen Männer wissen, der ein schwarzes Tanktop trug und unterhalb eine rot-schwarze Traningshose anhatte. Er hatte einen ernsthaften Gesichtsausdruck, der Demiray signalisierte, dass er anscheinend gleich viel Ärger bekommen würde. Und der andere Typ, der direkt neben ihm stand hatte ungefähr einen ähnlichen Gesichtsausdruck. Sie schienen beide aus dem Balkan zu kommen, aber Demiray konnte nicht zuordnen woher genau sie ursprünglich stammten.

>>*Nirgendwohin.*<< Antwortete Demiray mit einer leicht hohen Stimme und versuchte dabei ruhig zu bleiben.

>>*Wieso lügst du? ... Das ist mein Mädchen auf den du da drauf glotzt, du Schwanzfresse. Haben dir deine Eltern etwa nicht beigebracht, dass du auf fremde Menschen und erst recht nicht fremde Frauen so anstarren sollst?*<< Sagte der junge im schwarzen Tanktop mit zusammengebissenen Zähnen und einem wütenden Ton, die Demiray definitiv eingeschüchtert hatten.

Vor Schreck wusste Demiray zunächst nicht, was er und ob er überhaupt darauf antworten sollte. Sein Herz raste und die ersten Schweißperlen machten sich auf seiner Stirn bemerkbar. Schweißperlen, die nicht vom harten Training stammten, sondern kalter Angstschweiß gewesen waren.

Der junge im schwarzen Tanktop machte einen Schritt näher zu
Demiray, beugte sich leicht mit seinem Oberkörper nach vorne,
sodass er Demiray besser in die Augen sehen konnte und sagte
mit einer ruhigen, aber dennoch einem verärgertem Ton
>>*Wenn ich dich noch einmal dabei erwischen sollte, wie du
meine Freundin anstarrst wie eine grasende Kuh, die einen
vorbei fahrenden Zug anstarrt, dann werde ich dich zu meinem
neuen Boxsack machen. Hast du mich verstanden du Hornoch-
se?*<<
Und ob er ihn verstanden hatte. Denn er hatte ja auch ganz klar
und deutlich gesprochen.
Demiray fiel es vor lauter Angst schwer sein Mund aufzumachen und konnte dabei nur auf den Boden starrend mit dem
Kopf nicken.
Für die beiden jungen Männer war das Zeichen genug dafür,
dass Demiray die Warnung verstanden hatte. Ohne ein weiteres
Wort zu verlieren entfernten sie sich von ihm und widmeten
sich wieder ganz ihrem Training zu.
Demiray war nach dieser Aktion, die Lust am Trainieren zwar
vergangen, aber er wollte noch zumindest diesen einen Satz zu
Ende bringen, bevor er sich auf zur Umkleidekabine machte.
Da er noch viel zu schüchtern war im Fitnessstudio zu duschen,
bevorzugte es Demiray immer zu Hause zu duschen. Es war
ihm sehr unangenehm wenn andere Männer ihn nackt sehen
konnten und genauso war es für ihn unangenehm sich neben
fremden nackten Männern zu stellen und gemeinsam zu duschen. Das konnte er noch nie leiden. Daher wollte er auch dieses Mal gemütlich, entspannt und vor allem alleine zu Hause
duschen.
Also trocknete er mit seinem Handtuch schnell den ganzen
Schweiß vom Kopf und Körper, zog sich um und war gerade
dabei das Fitnessstudio zu verlassen als ihm erneut die attrak-

tive und junge Dame über den Weg gelaufen war. Sie hatte sich auch schon bereits umgezogen und war anscheinend für heute fertig gewesen.

Demiray konnte beobachten wie sie vor zur Rezeption ging und sich dort auf einen der Stühle hinsetzte, die für Mitglieder, aber auch für Besucherinnen und Besucher aufgestellt worden waren. Anscheinend wollte sie noch auf ihren Freund, diesen unangenehmen Typen mit dem schwarzen Tanktop, warten. Demiray hatte ihn in der Umkleidekabine nicht gesehen, weswegen er davon ausging, dass er noch etwas länger brauchen könnte, um sich frisch zu machen.

Als er gerade dabei gewesen war den Ausgang zu nehmen, sprach ihn die junge Dame von hinten an, sobald sie ihn gesehen hatte. >>*Hey du!*<< Demiray blieb stehen und dachte für einen kurzen Moment nach, ob er sich zu ihr umdrehen und sich mit ihr unterhalten sollte oder ob es doch nicht besser wäre darauf zu verzichten und einfach hinauszugehen.

Doch Demiray gab seiner Pubertät nach und entschloss sich dazu auf das Gespräch einzugehen. >>*Meinst du mich?*<< Fragte er sie, wobei die Frage eher rhetorisch gemeint war, weil er die Antwort bereits kannte. >>*Ja.*<< Sagte die junge Frau, stand auf und ging auf ihn zu. Sein Herz raste wie verrückt in dem Moment. Vielmehr vor Angst, weil ihr Freund ihn dabei erwischen könnte, wie er sich mit seiner Freundin unterhält, obwohl er ihn klar und deutlich ermahnt hatte. Doch irgendwie konnte er auch nicht von ihr weg. Irgendetwas brachte ihn dazu dort zu bleiben und sich auf eine Unterhaltung mit ihr einzulassen. Nun standt die attraktive junge Dame direkt vor seiner Nase und vermittelte ihm das Gefühl als würde sie genau in diesem Moment nicht ihn, sondern einen zurückgelassenen und hilflosen Hundewelpen anstarren. Zumindest konnte Demiray dies in ihren traurigen Blicken sehen. >>*Ich wollte mich*

*nur bei dir für das gemeine Verhalten meines Freundes ent-
schuldigen! Ich konnte euch vorhin beobachten, aber leider
nicht hören, weil ich zu weit weg von euch gewesen war. Ich
verstehe zwar sein Verhalten mich vor anderen beschützen zu
wollen und, dass er seinen Pflichten als mein fester Freund
nachgeht, aber dennoch finde ich, dass er es ein wenig übertrieben hat. Ich meine, du bist doch viel jünger als wir und
genau so hätte er dich auf behandeln müssen finde ich. Auf
jeden fall tut es mir Leid!*<< Sie legte tröstend ihre Hand auf
seine Schulter, während Demiray einen verbalen Schlag nachdem anderen zu verarbeiten versuchte. Ihre Worte waren ja
noch schlimmer als das Verhalten ihres Freundes. Er dachte
sich, schlimm genug, dass sie mich ansiehst als würde sie einen
Hundewelpen ansehen und obendrein gibt sie mir noch zu verstehen, dass ich viel zu jung und somit in ihren Augen noch ein
Kind bin. Also hatte sie ihn und seine lüsternen Blicke doch
wahrgenommen, jedoch hatte sie ihn einfach ignoriert. Das war
ziemlich hart für ihn. Was war das nur für ein schlechter Tag
gewesen. Dabei hatte er recht gut begonnen.

Nachdem er wieder klaren Gedanken fassen konnte, konnte er
darauf mit nichts anderem antworten als >>*Ist schon ok, ich
gehe dann mal. Danke!*<<

Und dem schlechten Tag sollte noch eines drauf gesetzt werden. Denn kurz bevor er sich wieder umdrehen und gehen
wollte, konnte er in seinem peripheren Blickfeld sehen, wie ein
großer Schatten auf ihn zugerast kam. Reflexartig drehte er
sich um und konnte nun erkennen, dass es der Typ mit dem
schwarzen Tanktop gewesen war. Der Freund der jungen Dame
mit der er sich gerade eben unterhalten hatte. Er war wütender
als vorhin und seine Blicke „warfen lodernde Flammen" aus
seinen Augen. Es war eindeutig gewesen. Dieser Typ war richtig wütend und nicht bereit für eine vernünftige Unterhaltung

gewesen. Daher beschloss Demiray so schnell wie möglich hinauszulaufen und nicht anzuhalten bis er der potenziellen Gefahr, die ihn erwartete, entkommen war.

Doch der brutal aussehende Typ war schneller und fitter als er, weshalb er ihn schnell aufholen und sofort zupacken konnte. Reflexartig hob Demiray seine beiden Hände schützend vor sein Gesicht und war fast dabei gewesen in seine Hose zu urinieren. *>>Bitte! Ich habe nichts angestellt.<<* Ließ er den Rüpel wissen, der bevor er auf ihn einschlug, folgendes sagte *>>Ich hatte dich gewarnt du Arschloch!<<* Sofort danach hielt er was er Demiray versprochen hatte und benützte ihn als sein Boxsack. Er setzte Demiray regelrecht einem Fäusteregen aus. Einen kräftigen Schlag nachdem anderen verpasste er ihm. In den Magen, auf die Rippen, auf den Rücken und mehrmals ins Gesicht. Er hörte nicht auf bis Demiray bewusstlos auf dem asphaltierten Boden aufschlug. Sein Gesicht war blutüberströmt und von Beulen und Schwellungen entstellt gewesen. Er war nicht mehr wiederzuerkennen.

Der Rüpel lief schnell davon und ließ den regungslosen Körper von Demiray einfach so zurück.

Wenige Minuten danach wurde er von einem vorbeigehenden Passanten entdeckt, der sofort die Rettung alarmiert hatte.

Bis die Rettung angekommen war, leistete er Demiray Erste Hilfe. Und kurz vor dem Eintreffen des Krankenwagens, der ihn sofort in das AKH Wien, Das Wiener Allgemeine Krankenhaus, gebracht hatte, hatte Demiray seine Augen halb geöffnet.

Im Krankenhaus war er bereits wieder vollkommen zu sich gekommen, konnte sich jedoch kaum vor Schmerzen bewegen. Er lag einfach nur in seinem Krankenbett und wartete auf die Ankunft seiner Familie. Der behandelnde Arzt hatte bereits veranlasst, dass seine Familie von seinem Zustand in Kenntnis gesetzt wird, sodass sie sich umgehend auf den Weg gemacht haben, nachdem sie die schreckliche Nachricht erhalten hatten. Demiray hatte währenddessen immer wieder ein kurzes Nickerchen gemacht. Am liebsten wäre er gerne eingeschlafen, doch ohne vorher seine geliebte Familie zu sehen, kam das gar nicht in Frage. Und überhaupt wäre er am liebsten bei sich Zuhause in seinem eigenen gemütlichen Bett eingeschlafen als in diesem unbequemen Krankenbett an das er gar nicht gewohnt gewesen war.

Doch wohl oder übel hatte er in diesem Fall keine Wahl als sich doch noch sowohl an das Krankenbett als auch an die unerträgliche Krankenhausatmosphäre zu gewöhnen. Denn der Arzt sagte zu ihm, dass er die nächsten drei Tage das Krankenhaus nicht verlassen durfte. Er hatte sogar Hilfe von dem Krankenpflegepersonal nötig, was ihm sehr peinlich gewesen war. Denn jedes Mal, wenn er aufstehen musste, um die Toilette aufzusuchen, musste er jemanden vom Pflegepersonal zu sich in das Zimmer rufen indem er auf die dafür vorgesehene Patientenklingel, die direkt an sein Bett verknüpft gewesen war, betätigte. Bei männlichem Personal konnte er sich sein Scham gerade noch so verkneifen, aber wenn Krankenpflegerinnen kamen, die noch dazu jung und hübsch waren, wurde er rot wie eine reife Tomate.

Er hoffte und betete nur, dass er die drei Tage gut überstehen würde und, dass sie sehr schnell vorbeigehen.

Es standen zwei Betten in seinem Zimmer, doch das zweite Bett war noch nicht belegt gewesen. Das hatte er daran erkannt, dass das Bett schön und ordentlich aufgeräumt gewesen war und auch auf dem kleinen Tisch daneben waren keine persönlichen Gegenstände, Bücher oder sonstiges die zu einem weiteren Patienten gehören könnten, vorhanden. Im Moment war er noch der einzige Patient in dem Zimmer. Ein Patient, der sich von Kopf bis Fuß langweilte. Immerhin war ein kleiner Fernseher vorhanden, die dafür sorgen würde, dass er sich dort nicht zu Tode langweilen würde. Trotz allem, versuchte Demiray die ganze Sache positiv zu sehen, weil er aufgrund des plötzlichen und unerwarteten Krankenhausaufenthaltes nicht zur Schule gehen musste. Jedoch konnte er diese Freude nicht wirklich genießen und musste sich selbst eingestehen, dass er viel lieber in der Schule sein würde als hier in diesem langweiligen Krankenzimmer, wobei es ohnehin Freitag gewesen war. Mit Schmerzen, die durch seine Bewegungen entstanden, versuchte er nach der Fernbedienung zu greifen, die auf seinem Tisch gelegen hatte. Er schnappte ihn sich und schaltete damit den Fernseher ein.

Er war froh darüber, als er dabei festgestellt hatte, dass das Krankenhaus Kabelfernsehen hatte. Vielleicht würde der Aufenthalt ja doch nicht so langweilig werden, wie er sich das vorgestellt hatte. Doch zur Sicherheit würde er das nächste Mal seine Mutter darum bitten seine PlayStation Portable, auch PSP genannt, zu bringen. Damit konnte er viel zeit totschlagen.

Doch jetzt musste er sich mit dem Kabelfernsehen zufrieden geben. Er schaltete von einem Sender zum nächsten und konnte sich einfach nicht entscheiden, welchen davon er sehen sollte. So viele Sender und nichts gescheites dabei, dachte er sich mit einem Seufzer. Doch bereits beim zweiten Durchgang wurde er endlich fündig. Er hatte sich für einen Sender entschieden. Es war zwar ein Zeichentricksender, aber immerhin lief etwas unterhaltsames, das ihn vorerst zufriedenstellte.

Demiray hatte Glück im Unglück gehabt. Denn der Arzt hatte festgestellt, dass kein einziger Knochen gebrochen war. Jedoch hatte er sehr viele Prellungen, blaue Flecken, Schwellungen, einen abgebrochenen Zahn und eine Verstauchung am linken

Fußknöchel. Während er sich die Zeichentrickserie angesehen hatte, konnte er an nichts anderes denken als daran, wie seine Mutter wohl darauf reagieren würde. Und erst recht daran, was sein Vater dazu sagen würde, sobald er erfahren würde, wieso er verprügelt worden war. Diese Fragen beschäftigten ihn in diesem Moment.

Aber es war nun mal nichts zu machen. Was geschehen ist, ist geschehen und er musste einfach auf das beste hoffen.

Es waren bereits eine Dreiviertelstunde vergangen, seitdem er im Krankenhaus gelegen hatte und seine Familie endlich eingetroffen war. Sie stürmten nahezu in das Zimmer herein, in der Demiray lag.

Er schrak für einen kleinen Moment kurz auf und beruhigte sich wieder, nachdem er erkannt hatte, dass seine Mutter gefolgt von seinem Vater und seinen beiden Schwestern das Zimmer betreten hatten.

Besorgt und mit traurigen Blicken gingen sie an sein Bett. Sofort bekam er zuerst von seiner Mutter und gleich hinterher von seinem Vater jeweils einen deftigen Kuss auf seine obere Stirnkante gedrückt. Von seinen beiden Schwestern bekam er tröstendes Schulterrubbeln. Zudem wünschten sie ihm eine baldige Genesung, wofür er sich bedankt hatte.

Seine Eltern hatten bereits erfahren, was vorgefallen war, weil Demiray den Arzt zuvor darüber aufgeklärt hatte. Somit hatte der Arzt ihm bereits das schwerfallende Geständnis abgenommen, weswegen seine Eltern ihn nun mit erzürnten Blicken angestarrt hatten. Beschämt sah er auf seine weiße Decke, mit der er zugedeckt gewesen war und wusste nicht was er sagen sollte. Sein Vater Rami ergriff das Wort und sagte >>*Wir wissen was passiert ist, aber wir werden uns darüber unterhalten, wenn du wieder gesund wirst und nach Hause kommst.*<< Daraufhin sagte seine Mutter >>*Das stimmt Demiray. Wir wer-*

den dich damit jetzt nicht noch mehr belasten. Wir sind nur froh und dankbar darüber, dass dir nichts schlimmeres zugestoßen ist. Wir möchten nur, dass du dich ausruhst und so schnell wie möglich nach Hause kommst.<<
Demiray war sehr überrascht darüber, dass seine Eltern ihn nicht an Ort und Stelle nicht so hart heran genommen haben. Beschämt nickte er verständnisvoll mit seinem Kopf und sagte, dass es ihm Leid tue. Er hatte nichts Böses oder dergleichen im Sinn gehabt. Seine Eltern hatten zwar Verständnis für sein Verhalten gegenüber der jungen Dame, aber sie hatten auch genauso Verständnis für das daraus erfolgte negative Resultat.
Rami sagte zu ihm, dass der Arzt ihnen gesagt haben soll, dass Demiray gegen den Jungen, der ihn verprügelt hatte, keine Anzeige erstatten wollte und, ob er dabei bleiben möchte, woraufhin Demiray mit einem klaren Ja antwortete. Sein Vater warf einen kurzen Blick auf seine Ehefrau Derya und nickte anschließend verständnisvoll. Dachte sich zumindest Demiray für einen kurzen Moment, nachdem sein Vater folgendes zu ihm sagte >>*Da du noch Minderjährig bist und wir deine erziehungsberechtigten Eltern sind, werden wir eine Anzeige gegen den Jungen erstatten.*<< Das hatte Demiray wie ein harter Schlag getroffen. Noch stärker als die Fäuste des Rüpels, der ihn krankenhausreif verprügelt hatte.
Noch bevor er darauf antworten und widersprechen konnte, fuhr sein Vater fort >>*Deine Mutter und ich können zwar das Motiv von diesem Jungen verstehen, aber das gibt ihm noch lange nicht das Recht auf dich einzuprügeln geschweige denn dich dadurch in das Krankenhaus zu befördern.*<<
>>*Dein Vater hat recht.*<< Sagte seine Mutter. Demiray hatte selbstverständlich Angst davor, dass er eventuell dadurch mehr Ärger bekommen könnte, weil ihm dieser Rüpel noch mehr Schwierigkeiten machen könnte. Nur deshalb hatte er auf eine

Anzeige verzichtet. Er dachte sich, dass der Junge ihn in Ruhe lassen würde, wenn er den Jungen in Ruhe lassen würde. Und jetzt wollten seine Eltern im Bienennest herumstochern. Das konnte Demiray auf gar keinen Fall zulassen und teilte seinen Eltern folgendes mit >>*Das ist schon ok. Eine Anzeige ist wirklich nicht notwendig. Ich passe in Zukunft einfach etwas besser auf und kümmere mich um meinen Kram. Abgesehen davon, kenne ich nicht einmal seinen Namen.*<<
>>*Wir finden es natürlich großartig, dass du in Zukunft vorsichtiger sein möchtest, aber wir haben das bereits beschlossen und deswegen werden wir diesen Jungen anzeigen. Vielleicht benimmt er sich dadurch ein wenig besser und prügelt nicht mehr einfach so auf irgendwelche wehrlosen Kinder ein. Und es ist einfach herauszufinden wie er heißt. Wir müssen nur im Fitnessstudio nachfragen.*<< Gab ihm seine Mutter zu verstehen.

Und da hörte er es schon wieder. Das Wort „Kind". Er hatte es nicht gern als ein Kind bezeichnet zu werden, aber so war es nunmal. Ob es ihm gefiel oder nicht. Was ihn noch zusätzlich innerlich fertig machte war, dass er sich gegen seine Eltern nicht stellen konnte und, dass er deren Entscheidung bezüglich der Anzeige akzeptieren musste. Von diesem Zeitpunkt an, konnte er nur auf das beste hoffen und abwarten wie sich das alles entwickeln würde. Eines war auf jeden Fall klar gewesen. Er musste das Fitnessstudio wechseln.

Die Besuchszeit war nun vorüber und seine Familie verabschiedete sich noch von ihm, bevor sie nach Hause fuhren. Sein Vater Rami klopfte ihm mit einem tröstenden Lächeln auf die Schulter. Seine Mutter Derya küsste ihm auf die Wange. Seine ältere Schwester Demet schenkte ihm eine liebevolle Umarmung und sagte >>*Erhole dich gut, du Aufreißer!*<< Da seine jüngere Schwester Defne noch viel zu klein war und nicht so weit hoch kam, umarmte sie seinen rechten Arm und legte ihren Kopf seitlich darauf während sie sagte >>*Ich habe dich lieb Bruderherz.*<< Das berührte Demiray sehr, woraufhin er ihr ebenfalls sagte >>*Ich habe dich auch sehr lieb Schwesterherz.*<< Beide sahen sich an und lächelten zueinander. Gleich danach griff Defne in ihre Jackentasche und übergab ihrem Bruder ein kleines Geschenk, worüber er sich sehr freute. Es waren seine Kopfhörer, die zu seinem Handy, das mittlerweile durch die Prügelaktion ein zerschlagenes Display hatte, gehörten. Und sie hatte auch sein Ladekabel dabei gehabt. Defne hatte daran gedacht und war der Meinung gewesen, dass er sie gut gebrauchen könnte. >>*Hier, die habe ich dir mitgenommen, damit es nicht so langweilig wird.*<< Demiray nahm die Kopfhörer und das Ladekabel dankend entgegen und sagte dabei >>*Du bist die beste und klügste Schwester, die sich ein Bruder nur wünschen kann.*<< Diese Worte bedeuteten Defne sehr viel, woraufhin sie stolz sagte >>*Habe ich gern gemacht.*<< Danach verließ auch sie das Krankenzimmer und winkte ihrem Bruder Demiray noch ein letztes Mal zu, bevor sie die Tür hinter sich schloss und ihn alleine zurückließ. Gleich morgen wollten sie ihn erneut besuchen kommen, hatten ihm seine Eltern noch vorher versprochen.

Demiray holte sein Handy zur Hand, steckte die Kopfhörer ein und öffnete seine Musik-Playlist, die er nun die nächsten drei Tage mehrfach rauf und runter hören konnte.

Und jetzt wo er sein Ladekabel auch bekommen hatte, konnte er sich auch mit dem Handy beschäftigen. So verging die Zeit am schnellsten. Denn im Internet konnte man sehr viel Zeit unbemerkt an sich vorbeiziehen lassen. Es gab so viele Auswahlmöglichkeiten, angefangen von YouTube über Instagram bis hin zu WhatsApp Unterhaltungen mit seinen Freunden. Jetzt war er gut versorgt gewesen und konnte entspannt seine Ruhe genießen. Vielleicht wäre seine PSP Spielekonsole gar nicht mehr notwendig gewesen, aber das würde er sich später noch genauer überlegen. Jetzt wollte er erst einmal auf seiner gemischten Playlist seine Lieblingssongs anhören und dabei ordentlich abschalten. Los ging es mit einem türkischen Künstler genannt Sefo und seinem Hit mit dem Titel „Bilmem Mi?"

Es waren bereits 2 Stunden und 40 Minuten vergangen seit der Einlieferung von Demiray, der mittlerweile beim Musikhören eingeschlafen war.
Noch hatte er nicht mitbekommen, dass ein weiterer Patient eingeliefert worden war. Es war ein junger Mann Ende Zwanzig gewesen. Er hatte gesehen, dass Demiray am Schlafen war, weswegen er ihn nicht stören wollte. Doch als er nach einem Glas Wasser greifen wollte, schmiss er es versehentlich um, sodass das Glas am Boden zerbrach und Demiray dadurch verschreckt aufwachte.
>>*Es tut mir sehr Leid mein Freund, aber ich wollte dich nicht aufwecken. Mir ist leider ein kleines Missgeschick passiert.*<< Demiray sagte zuerst nichts, weil er noch vom Schlaf halb benommen gewesen war, doch dann murmelte er >>*Nichts passiert.*<< Der neue Patient lächelte ihm freundlich zu und sagte >>*Ich rufe mal eine Krankenschwester, die hier sauber macht. Kaum eingeliefert und schon falle ich schlecht auf.*<< Witzelte er im Anschluss lachend und betätigte die Patientenklingel. >>*So, also. Mein Name ist Herbert, Herbert Thiemer. Du kannst mich gern auch Herbie nennen. Du weißt schon, wie der tolle Käfer. Und wie heißt du?*<< Natürlich hatte Demiray keine Ahnung wen oder was er mit Herbie meinte, aber er ließ sich nichts anmerken. Bevor Demiray ihm seine Frage beantwortete, richtete er sich ein wenig auf, um besser sprechen zu

können. *>>Ich heiße Demiray Mutlu.<<*

>>Freut mich sehr deine Bekanntschaft zu machen Demiray! Klingt übrigens gut dein Name!<< Machte Herbert dem kleinen und angeschlagenen Jungen ein Kompliment, woraufhin sich Demiray höflich bedankte. *>>Was bedeutet er?<<* Wollte Herbert ganz neugierig wissen. *>>Naja ...<<* fing Demiray an und setzte seine Antwort fort *>>... also, Demir bedeutet Eisen und Ay bedeutet Mond. Und mein Nachname Mutlu bedeutet übersetzt glücklich beziehungsweise zufrieden.<<*

>>Wow, toll! Eiserner Mond also. Ist ja mal ein echt cooler Name. Klingt wie ein Superheld oder so etwas.<< Brachte Herbert seine Begeisterung entgegen und wollte mehr über seinen jungen Bettnachbarn erfahren, der sich in diesem Moment und in diesem Zustand alles andere als ein Superheld vorgekommen war. *>>Woher kommst du ursprünglich mein lieber Freund Demiray?<<*

>>Aus der Türkei, aber ich bin in Wien geboren und aufgewachsen.<< Teilte ihm Demiray mit.

>>Sehr schön.<< Sagte Herbert mit einem freundlichen und warmen Lächeln.

>>Was ist denn mit dir passiert? Sieht aus als hättest du eine heftige Prügelei hinter dir.<< Stellte Herbert fest, woraufhin Demiray ihm die ganze Geschichte, wie er im Krankenhaus gelandet ist, erzählt hatte. Herbert fand die ganze Aktion, nachdem er sich die gesamte Geschichte angehört hatte, tatsächlich heftig und fing im Anschluss an ein wenig über sich zu erzählen. *>>Also ich stamme ursprünglich aus Wien. Ein waschechter Wiener also. Du weißt schon, so ganz nach dem Motto „Ein echter Wiener geht nicht unter." Wie der Titel der einst so beliebten Fernsehserie.<<* Auch hier wusste Demiray nicht was er damit gemeint hatte und lächelte ihm einfach nickend zu, während Herbert weiter erzählte. *>>Gleich morgen früh findet*

ein Eingriff bei mir statt. Deswegen bin ich hier. Mein Blind-
darm wird mir, aufgrund einer Entzündung, entfernt. Laut den
Ärzten hier ist es zwar noch nicht so fortgeschritten, aber sie
haben mir geraten dem Eingriff dennoch so schnell wie mög-
lich zuzustimmen, um schlimmeres zu verhindern. Ich habe
nämlich, und überhaupt erst in letzter Zeit, oft sehr üble und
starke Bauchschmerzen sowie auch Übelkeit. Anfangs dachte
ich ja, dass es eventuell Gastritis sein könnte, aber so war es
nicht. << Demiray konnte Herbert ansehen, dass ihn die Sache
mit seinem Blinddarm bedrückte. Und diese Annahme bestä-
tigte sich, nachdem Herbert später zugegeben hatte, dass er
sich vor der Operation ein wenig fürchtete. Immerhin sollte es
seine erste Operation überhaupt sein. Aber er blieb dennoch
optimistisch und versuchte nicht allzu oft daran zu denken. Er
wollte es einfach so schnell wie möglich hinter sich bringen,
sich davon erholen und dann wieder zurück nach Hause zu seiner Freundin fahren von der er Demiray ebenfalls erzählt hatte.
Herbert hatte ihm sogar erzählt, dass sie da gewesen war als
Demiray tief und fest schlief. So hatte er sie verpasst, würde sie
jedoch am nächsten Tag, nachdem Herbert die Operation gut
überstanden hatte, kennenlernen. Herbert erzählte noch, dass er
vom Beruf IT-Administrator in einem renommierten Unternehmen war und dort bereits seit drei Jahren glücklich arbeitete.
Seine Freundin, mit der er seit zwei Jahren zusammen war und
auch seither zusammen lebte, hatte er durch einen verlässlichen
Kollegen und guten Freund kennengelernt. Herbert wirkte, bis
auf die Tatsache mit dem Eingriff, sehr zufrieden. Er machte
bei Demiray einen netten und guten Eindruck, der daran dachte, dass er ab jetzt definitiv keine Langeweile mehr haben würde. Denn mit jemandem wie Herbert, der viel zu erzählen hatte,
konnte er sich sehr gut unterhalten. Deswegen war er froh darüber, dass er das Zimmer mit Herbert teilte und nicht mit ei-

nem langweiligen alten Mann oder jemandem, der ständig raunzte und sich über alles beschwerte.

Herbert fand die Gesellschaft von Demiray ebenso angenehm und verstand sich recht gut mit ihm.

Die beiden unterhielten sich noch eine Weile und lernten sich dadurch etwas besser kennen.

Hin und wieder kam jemand vom Krankenpflegepersonal herein, sah nach den rechten Dingen und ging wieder. Bis auf die jüngste von ihnen, sahen die anderen meist grimmig und genervt drein, so als hätten sie nicht nur genug von ihrem Job, sondern auch genug von ihrem Leben gehabt. Und sie redeten auch zum Teil mit einem etwas strengen Ton, so als würden sie jeden Moment auf jemanden losgehen wollen. Demiray musste zugeben, dass sie ihm schon ein wenig Angst machten, wobei ihm Herbert lachend recht gab und meinte, dass selbst er einige von ihnen furchteinflößend finden würde. Daraufhin lachten sie beide gemeinsam. So sehr, dass Demiray Schmerzen bekam, die sich jedoch schnell wieder legten, nachdem er sich sofort wieder beruhigt hatte. Herbert meinte zu ihm, dass er ihn am besten, solange er sich bei ihm aufhält, nicht zum Lachen bringen sollte. >>*Denn schließlich sollte das Lachen ja einem gut tun und nicht etwa Schmerzen zufügen*<< sagte Herbert schmunzelnd.

Die beiden verstanden sich sehr gut und wurden fortan zu BHB's, Best Hospital Buddies, wie Herbert es so liebevoll formuliert hatte.

Den Ausdruck hatte Demiray zum ersten Mal gehört, aber er gefiel ihm sehr gut.

-*Super! Ich bin jetzt ein BHB.*- Dachte er sich mit einem zufriedenen Lächeln.

Herbert entschuldigte sich später bei Demiray, weil es nun an der Zeit gewesen war, sich mit seiner Freundin zu unterhalten.

Sie führten eine Videotelefonie durch, wobei Herbert sein Handy ganz kurz auf Demiray gerichtet hatte, weil er gerade dabei gewesen war, seiner Freundin seinen neuen BHB vorzustellen. So hatte Demiray also Herbert's Freundin doch noch früher kennengelernt als erwartet. Demiray winkte Herbert's Freundin zu und dann richtete Herbert sein Handy wieder auf sich und führte ein langes Gespräch mit ihr durch. Damit die Unterhaltung erstens Demiray nicht allzu sehr stört und zweitens es vielmehr ein privates Gespräch gewesen war, hatte Herbert seine Bluetooth-Kopfhörer aktiviert und aufgesetzt.

Demiray fand, dass das sowohl eine gute Idee als auch ein Zeichen dafür gewesen war, seine Familie, die er so sehr vermisste, anzurufen und sich ein wenig mit ihnen zu unterhalten.

Denn so sehr er die Gespräche mit Herbert auch genossen hatte, die Gespräche mit seiner Familie konnten sie bei Weitem nicht übertreffen.

Also startete auch er eine Videotelefonie mit seiner Mutter und begann so sich mit seiner gesamten Familie zu unterhalten.

Auch Demiray hatte dabei seine Kopfhörer aufgesetzt.

Die Unterhaltung mit seiner Familie tat ihm gut. Da war Demiray erst klar geworden, wie wichtig es war eine Familie zu haben. Eine Familie, die sich um einen kümmerte. Ihm kamen dabei teilweise die Tränen, die er jedoch zurückhielt, um seiner Familie, vor allem seiner Mutter, gegenüber stark zu bleiben.

Der nächste Tag war bereits angebrochen und Demiray schlief wieder tief und fest ein. Dabei hatte er sich vorgenommen rechtzeitig aufzustehen, bevor sein BHB Herbert für die Operation abgeholt werden würde. Doch Herbert war bereits vor drei Stunden abgeholt worden, wie er mit Bedauern feststellen musste, nachdem er aufgewacht war. Er machte sich Vorwürfe und ärgerte sich darüber, dass er Herbert verpasst hatte. Er wollte ihm noch alles Gute wünschen und ihm ein wenig Mut machen, damit er sich vor dem Eingriff ein wenig besser fühlen konnte. Und während er sich darüber Gedanken machte, erinnerte er sich daran, dass Herbert ihm am Tag davor gesagt hatte, dass eine Blinddarmentfernung im Schnitt eine Stunde dauern würde. Doch es waren bereits drei Stunden vergangen und Herbert lag nicht in seinem Bett. Er war nicht zurückgekommen, weswegen er sich umso mehr Sorgen machte. Da er es nicht länger ausgehalten hatte, drückte Demiray auf die Patientenklingel und rief dadurch jemanden vom Krankenpflegepersonal zu sich ins Zimmer.

Nach zwei Minuten, die ihm in diesem Moment wie zwei Stunden vorgekommen waren, trat endlich die junge nette Pflegerin herein und fragte, ob alles in Ordnung sei, woraufhin Demiray die folgende Gegenfrage gestellt hatte >>*Wo bleibt Herr Thiemer? Er müsste doch schon längst mit der Operation durch sein oder irre ich mich?*<<

Traurig und mit gesenktem Kopf teilte die junge Pflegerin Demiray mit, dass Herbert den Eingriff nicht überlebt hätte und, dass er noch während der Operation verstorben sei.<< Da brach eine Welt in Demiray zusammen und er fing auf der Stelle zu weinen an. >>*Es tut mir sehr Leid!*<< sagte die junge Krankenpflegerin mit einer sehr traurigen Stimme und verließ das Zimmer wieder. Für Demiray waren die Schmerzen, die er in diesem Moment empfunden hatte, viel Größer als seine physikalischen Schmerzen, die er sich durch die Prügelattacke zugezogen hatte. Die spürte er in diesem Moment überhaupt nicht. Vor allem waren die Schmerzen deswegen so stark, weil er sich von seinem neuen BHB nicht verabschieden konnte. Wie konnte er ihn nur verpassen? Wie konnte er nur verschlafen? Da war Demiray klar geworden, wie kurz das Leben eigentlich sein kann. So lag er in seinem Bett und weinte vor sich hin.

KAPITEL 4

TEURE FREUNDSCHAFT

Während ihr Bruder Demiray noch den tragischen und sehr
schnellen Verlust eines neu gewonnenen Freundes verarbeitete,
befand sich Demet mit ihren beiden Freundinnen Semra und
Johanna wiedereinmal im Einkaufszentrum. Semra stammte
genau wie sie aus der Türkei, jedoch kamen ihre Eltern urspr-
rünglich aus der Stadt Yozgat. Johanna war eine gebürtige
Wienerin. Alle drei gingen in die selbe Klasse und mochten
sich untereinander sehr. Sie waren unzertrennlich gewesen und
hingen oft miteinander ab. Meist in dem großen Einkaufszentrum im 22. Wiener Gemeindebezirk, der als Westfield Donau
Zentrum bekannt war. Dort gab es einfach alles. Es mangelte
an absolut gar nichts. Vom A bis Z der Kulinarik bis hin zum A
bis Z des Shoppings konnte man dort alles finden. Im Westfield Donau Zentrum konnte man sogar den ganzen Tag abhän-
gen ohne, dass einem langweilig werden konnte.
Daher entschieden sich die drei jungen Damen oft für dieses
Einkaufszentrum und aßen, tranken und kauften ein was das
zeug hielt.
Oder in ihrem Falle, so viel wie ihr Taschengeld dazu reichte.
Semra und Johanna bekamen beide von ihren Eltern regelmäßig ein wöchentliches Taschengeld von 50 Euro, die sie gut bedacht ausgeben sollten, was sie selbstverständlich nicht taten.
Demet war die einzige von ihnen, die kein Taschengeld bekam.
Ihr Vater gab ihr immer die Menge an Geld, die sie gerade un-
gefähr benötigte. Und wenn es mal ganz dringend gewesen war
oder sie nicht genau sagen konnte, wieviel sie im Moment benötigte, überreichte Rami ihr seine Kreditkarte und ermahnte
sie jedes Mal nicht mehr als nötig auszugeben. Die beiden an-

deren Mädchen nutzten das gerne aus und ließen oft Demet bezahlen, sobald sie die Kreditkarte ihres Vaters bei sich hatte. So wie auch an diesem Tag. Sie hatten Demet erneut dazu überredet gewisse Rechnungen zu übernehmen und ihr hoch und heilig versprochen, dass sie es nicht wieder übertreiben würden. Denn seit dem letzten Mal als sie es mit den Kosten zu hoch getrieben haben, bekam Demet jede Menge Ärger von ihrem Vater sowie ein Kreditkarten- beziehungsweise Geldverbot auf eine unbestimmte Zeit. Erst seit einigen Wochen darf sie die Kreditkarte wieder benützen, nachdem sie ihrem Vater versprochen hatte, dass sie verantwortungsvoll damit umgehen würde. Da ihr Vater Rami sie sehr liebte und ihren Worten, die sie tatsächlich auch ernst gemeint hatte, glauben schenkte, hatte er ihre Entschuldigung akzeptiert und das Verbot aufgehoben. Seit dem gab es auch keinerlei Probleme oder sonstige Vorkommnisse mit den Rechnungen. Sie hielt was sie versprochen hatte und ging seither sorgfältig mit dem Geld ihres Vaters um. Doch das sollte sich nun wieder ändern. Denn obwohl Demet ihren beiden Freundinnen von ihrer Situation und den Umgang mit der Kreditkarte ihres Vaters erzählt hatte, nahmen Semra und Johanna das auf die leichte Schulter und vergewisserten Demet, dass sie es dieses Mal ganz bestimmt nicht übertreiben würden. Zumindest ein letztes Mal sollte sie ihre beiden Freundinnen auf ein Essen inklusive Getränke und Nachspeisen einladen. So viel durfte sie ja wohl noch ausgeben, meinten ihre beiden Freundinnen. Solange es auch wirklich nur beim Konsumieren von Speisen bleiben sollte, war Demet damit einverstanden und übernahm die gesamte Rechnung, nachdem alle drei ordentlich im Burgerista reingehauen hatten. Gleich danach ging es zu der Café-Konditorei Aida, um sich köstlichen Kaffee und die genauso köstlichen Nachspeisen zu holen. Schon beim Burgerista kam Demet leicht ins Schwitzen, jedoch versuchte sie cool zu bleiben und sich nichts anmerken zu lassen. Denn die Rechnung, die sie dort übernehmen musste, war höher als sie es gewohnt gewesen war. Schon allein die Kosten von Semra, die ohnehin ein wenig üppig gewesen war und einfach viel zu gerne aß, überschlug die beiden gesamten Rechnungen von Demet und Johanna um Längen.

Sie war die einzige von allen, die insgesamt zwei komplette Burger Menüs verdrückt hatte. Und jetzt freute sie sich auch noch auf ein Stück Kuchen und dazu eine AIDA Melange mit extra viel Milchschaum und extra viel Schlagsahne. Manchmal dachte sich Demet einfach nur, wohin sie das alles bloß weg-essen würde.

Schließlich waren sie angekommen und hatten auch schon ihre Bestellungen aufgegeben. Kaum war die nette Kellnerin weg, hatte Johann angefangen den Ablauf danach zu planen. Sie wollte nämlich noch beim ZARA vorbeischauen und sich die eine hübsche, aber auch überaus teure, Bluse kaufen, die sie neulich gesehen hatte. Sie erzählte voller Begeisterung ihren beiden Freundinnen, wieso sie diese Bluse unbedingt haben und sich in der Schule damit blicken lassen musste.

Denn schon allein wegen dem Kaufpreis in der Höhe von fünf-undsiebzig Euro, würden alle anderen Mädchen in der Schule davon sprechen und auch davon, wie sie sich so etwas teures denn immer nur leisten konnte. Johanna hatte es gern, wenn man positiv über sie sprach. Sie stand gern im Mittelpunkt und wollte immer im Rampenlicht stehen. Und mit dieser Bluse würde es sogar so sein, dass sie quasi auf dem roten Teppich stehen würde. Daher hatte sie es sich fest in den Kopf gesetzt, sich die Bluse noch an diesem Tag zu schnappen, bevor sie ausverkauft werden oder schlimmer noch, bevor eine andere aus der Schule die Bluse kaufen würde. Das durfte sie auf gar keinen Fall zulassen. Wenn sie schon jemand aus der Schule kaufen musste, dann musste sie diejenige sein. Sie musste die erste von allen sein. Andernfalls würde man ihr hinterher reden und behaupten, dass sie andere kopieren würde. Das wäre ein Skandal für sie.

Jedenfalls erzählte sie Demet und Semra, dass sie gar nicht so viel Geld dabei hätte und deswegen vorhatte, die Bluse einfach so zu stehlen, während ihre beiden Freundinnen sowohl die Kundschaft als auch das Personal ablenken sollten.

An dieser Stelle machten Demet und Semra große, schockierte Augen, während sich Demet beinahe an ihrem eigenen Speichel verschluckt hätte.

Semra hingegen spielte nur die schockierte vor. Denn Johanna hatte sie bereits zuvor darüber aufgeklärt und verraten, dass sie nicht tatsächlich vorhaben würde, die Bluse zu stehlen, sondern, dass sie mit diesem Plan Demet dazu bringen würde, ihr die Bluse zum vollen Preis zu kaufen. Sie wollte den Moment einfach ausnutzen und von der Kreditkarte profitieren.

Sie ging davon aus, dass Demet vielleicht Mitleid mit ihr haben würde, weswegen sie von ihr erwartete, dass sie selbst für die Bluse bezahlt und nicht etwa auf die Idee kommt nur die Differenz zu übernehmen.

Während Demet noch versuchte den Plan von Johanna zu verdauen, brachte die Kellnerin ihre Bestellungen zum Tisch, sodass Demet sofort nach ihrem Glas mit Wasser, das zu ihrem Cappuccino gehörte, gegriffen und die Hälfte ausgetrunken hatte.

>>*Johanna, du hast tatsächlich vor die Bluse zu stehlen?*<< Fragte sie, woraufhin Johanna wie folgt antwortete >>*Ja, klar. Ich kann sie mir momentan nicht leisten.*<< Es folgte eine kurze Pause und dann fragte Johanna >>*Das geht doch für euch zwei Mädels in Ordnung nehme ich an? ... Semra, was hältst du davon?*<< Semra tat so, als ob sie sich das ernsthaft überle-

gen würde, während sie gleichzeitig ein großes Stück von ihrer Heidelbeer-Vanille-Torte in ihrem Mund zerkaute. Nachdem sie es endlich hinuntergeschluckt hatte, offenbarte sie ihre Meinung darüber >>*Also, wenn ihr mich fragt, klingt das absolut plausibel.*<< Johanna lächelte stolz während Demet mit enttäuschten Blicken da gesessen hatte und nicht wusste, was sie darauf antworten sollte. Für einen kleinen Moment war sie sprachlos gewesen. Doch dann fand sie endlich die Worte mit denen sie ihre Enttäuschung zum Ausdruck bringen konnte >>*Also, Semra und Johanna! Ich kann es einfach nicht fassen, was ich da von euch beiden zu Hören bekomme. Du Johanna..*<< dabei hatte sie ihren Zeigefinger direkt auf Johanna gerichtet >>*...hast allen Ernstes vor, eine Bluse zu stehlen und du Semra...*<< jetzt richtete sie genau denselben Finger auf Semra >>*...meinst auch noch, dass das vollkommen in Ordnung wäre. ... Seid ihr beiden noch ganz dicht oder was ist los mit euch? Das ist Ladendiebstahl und somit ein Verbrechen. Möchtest du Johanna tatsächlich wegen einer Bluse zur Verbrecherin werden und eine Verhaftung riskieren?*<< Johanna schien nicht besonders von Demet's Ansage eingeschüchtert worden zu sein, woraufhin sie schulterzuckend mit einem >>*Das merkt kein Schwein, glaube mir Demet. Du brauchst keine Angst zu haben. Das geht ganz schnell, vertrau' mir!*<<

>>*Du sprichst so, als ob du das schon mal getan hättest.*<< Johanna hatte in Wahrheit noch nie etwas gestohlen und das machte sie ihrer Freundin Demet auch klar >>*Also ich kann dich beruhigen meine liebe Demet, aber nein, ich hatte noch nie irgendetwas gestohlen, aber wie ich es bereits erwähnt hatte, ich habe einfach nicht genug Geld dafür.*<< Sie warf Semra unbemerkt ein teuflisches Lächeln sowie hinterlistige Blicke zu. Nicht etwa, weil sie Demet angelogen hatte, denn das hatte

sie tatsächlich nicht. Sie war sich nur absolut sicher, dass Demet anbeißen und ihr Plan dadurch aufgehen würde. Denn Johanna wollte unbedingt Demet dazu bringen für die Bluse zu bezahlen.

Demet war über all das immer noch fassungslos gewesen und sie grübelte immer und immer tiefer in ihren Gedanken, wie sich nun verhalten sollte. Sollte sie jetzt lieber einfach aufstehen und gehen, weil ihr das Gespräch unangenehm geworden war oder sollte sie versuchen ihrer Freundin die Sache auszureden? Sie wusste es nicht. Sie befand sich in einer Zwickmühle.

Doch dann machte sie doch noch ein Vorschlag mit dem Johanna jedoch gerechnet und Semra ebenfalls eingeweiht hatte. Demet hatte ihr nämlich folgendes vorgeschlagen >>*Wenn du sie dir nicht leisten kannst, dann begleiche ich sehr gerne die Differenz und gebe dir einfach das fehlende Geld und du zahlst es mir dann beim nächsten Mal zurück.*<<

>>*Naja, das ist ja sehr nett von dir, aber du weißt doch, dass Semra und ich in der Woche nur läppische 50 Euro von unseren geizigen Eltern bekommen, das sich kaum für uns selbst ausgeht. Ich meine, wir müssen echt sparsam damit umgehen und zusehen, dass sich das Geld für die gesamte Woche ausgeht.*<< Hatte Johanna ihre Antwort sofort parat, die im Anschluss wie aus der Pistole geschossen gekommen war.

>>*Deswegen wollte ich euch Mädls nicht um das Geld bitten, weil Semra genau wie ich nur 50 Euro bekommt und du Demet bekommst sogar gar kein Taschengeld. Sonst hätte ich euch natürlich darum gebeten, dass wir alle gemeinsam dafür zusammenlegen und ich es euch später irgendwann wieder zurückzahle.*<< Fuhr Johanna fort und fügte noch folgendes hinzu >>*Glaube mir Demet, aber es macht mir überhaupt kein Spaß die Bluse zu nehmen ohne dafür zu bezahlen, aber ich habe es*

einfach satt, dass ich mir Dinge, die ich so gerne haben möchte, nicht leisten kann. ... Gab es denn nie etwas, was du dir auch einmal so sehr gewünscht hattest, es aber nicht bekommen hast, weil du oder deine Eltern es euch nicht leisten konntet?<<

Und hier hatte Johanna direkt in das Schwarze getroffen. Denn es gab sehr wohl etwas, dass Demet als Kind haben wollte es jedoch nicht bekommen hatte, weil ihr Vater es für zu teuer gehalten hatte. Es war nämlich ein vollausgestattetes Puppenhaus mit einer großen sechsköpfigen Familie, einem Hund, einer Katze und einem großen Familienauto gewesen. Demet wollte sie damals unbedingt haben, jedoch kostete es über zweihundert Euro, die Rami für viel zu teuer gefunden hatte. Unter besseren Umständen hätte er es seiner Tochter dennoch gekauft und ihr diese Freude bereitet, denn nichts konnte für ihn wertvoller sein als die Freude seiner eigenen Kinder. Aber damals lebten sie unter anderen Verhältnissen und weder ihr Vater noch ihre Mutter hatten ein hohes Einkommen gehabt. Daher waren sie gezwungen auf so einiges zu verzichten. Deswegen wusste Demet am besten was für ein Gefühl es sein konnte nicht zu bekommen was man gerne wollte. Daher konnte sie Johanna sehr gut verstehen und war bereit ihr eine bessere Hilfe anzubieten. Sie versprach ihr die Gesamtkosten für die Bluse zu übernehmen und dafür mit der Kreditkarte ihres Vaters zu bezahlen. Somit war der Plan von Johanna aufgegangen. Ihr gesamtes Gesicht fing vor Freunde zu strahlen an und sie konnte es kaum erwarten in den Laden zu gehen und mit der Bluse wieder hinauszuspazieren. Auch Semra zeigte sich beeindruckt davon und stopfte sich mittlerweile das letzte Stück von ihrer Torte in den Mund hinein und mampfte fröhlich vor sich hin. Johanna und Demet hatten ihre noch kaum angerührt.

Der geplante Samstagsbummel sollte nun ein wenig anders ausgehen als gedacht. Zumindest nur für die ahnungslose Demet.

Denn sie wusste ganz genau, dass sie nichts mehr für sich einkaufen können würde, nachdem sie ihrer Freundin Johanna die Bluse spendieren müsste. Sie hatte ohnehin bereits das Limit überschritten und jetzt schon viel mehr ausgegeben als geplant. Aber sie hatte es ihr nun mal versprochen und würde sich schon eine gute Ausrede dafür einfallen lassen, um ihren Vater wieder zu beruhigen, nachdem er von den gesamten Ausgaben des Tages erfahren würde.

Dazu würde sich Demet dann schon Gedanken machen, wenn es auch so weit kommen würde. Im Moment befanden sich die drei Freundinnen bereits im Kleidungsgeschäft und Johanna hielt voller Freude die Bluse samt dem Kleiderhaken in ihren Händen. Sie hielt die Bluse vor ihren Oberkörper und präsentierte Demet und Semra voller Stolz wie gut die Bluse an ihr beziehungsweise wie gut sie selbst in der Bluse aussehen würde. Semra zeigte sich sehr beeindruckt während Demet die Bluse nicht so besonders gefunden hatte. Schon gar nicht war sie fünfundsiebzig Euro Wert ihrer Meinung nach, die sie jedoch lieber für sich behielt und einfach nur lächelte.

Gemeinsam gingen sie alle zur Kassa und Demet holte die Kreditkarte ihres Vaters aus ihrer schicken Geldbörse, die sich wiederum in ihrer noch schickeren Handtasche befand, heraus. Währenddessen blickte Johanna wie verliebt auf die Kreditkarte während sie zu Demet sagte >>*Ich bin dir ja so dankbar meine wunderschöne Demet, das glaubst du mir gar nicht. Ich verspreche dir, dir das Geld schon bald wieder zurückzuzahlen, versprochen!*<< Demet vertraute ihr auf das Wort, jedoch sollte sie das Geld nie mehr zurückbekommen. In den darauffolgenden Tagen, Wochen und sogar Monaten hatte Johanna immer eine Ausrede erfunden, um Demet das Geld nicht zurückzahlen zu müssen. Dadurch hatten sie sich eines Tages zerstritten und ihre Freundschaft miteinander für immer beendet.

Demet hatte nun für die Bluse bezahlt und übergab die Tragetasche in der sie sich befand an Johanna, die vor Freude beinahe Luftsprünge gemacht hatte.

Demet freute sich auch für ihre Freundin, konnte es jedoch nicht so sehr genießen wie Johanna, weil sie besorgt darüber war, wie ihr Vater wohl zu Hause darauf reagieren würde.

Ganz bestimmt nicht freundlich und verständnisvoll, das war schon mal garantiert gewesen. Und sie hatte sich immer noch keine gute Ausrede dafür ausdenken können.

Daher wollte sie noch ein wenig die Zeit verzögern und somit etwas länger im Westfield Donau Zentrum verbringen, bevor sie nach Hause gehen und sich ihrem Vater stellen musste.

Doch Johanna wollte, nachdem sie die Bluse endlich bekommen hatte, ganz schnell wieder nach Hause und sie anziehen. Deswegen hatte sie sich bereits verabschiedet und darauf verzichtet ihren beiden Freundinnen noch weiterhin Gesellschaft zu leisten. Semra blieb zwar noch ein wenig bei Demet, aber ihr war ein wenig Flaum im Magen gewesen, weswegen sie es auch bevorzugt hatte nach Hause zu gehen und sich ein wenig hinzulegen, bevor sie sich im Einkaufszentrum übergeben musste.

So verbrachte Demet den restlichen Nachmittag alleine im Einkaufszentrum und wandelte von einem Laden in den anderen und überlegte sich die gesamte Zeit über eine gute Ausrede für ihr handeln bezüglich der Kreditkarte ihres Vaters Rami.

Über eines hatte sie sich jedoch geeinigt. Sie wollte kein Cent mehr für was auch immer ausgeben. Daher war es sehr langweilig im Einkaufszentrum abzuhängen, ohne Geld ausgeben zu können. Man spazierte ziellos hin und her und es machte einfach keinen Spaß.

So verging eine Stunde nachdem anderen und es war bereits kurz vor Geschäftsschluss gewesen. Denn an Samstagen machten die Geschäfte früher Feierabend als unter der Woche. Wie sehr hatte es sich Demet an diesem Tag gewünscht, dass es kein Samstag gewesen wäre.

Schließlich wurde sie sich dessen bewusst, dass sie früher oder später doch nach Hause gehen musste. Die Geschäfte hatten zu, sie war müde vom langen herumspazieren und Hunger hatte sie auch noch gehabt. Drei gute Gründe, um nach Hause zu gehen und sich zu entspannen, die sie dem einen guten Grund nicht nach Hause zu gehen vorgezogen hatte. Schließlich war ihr nichts anderes übrig geblieben und sie musste einfach nach Hause. Sie wusste zwar immer noch nicht, welche Erklärung sie ihrem Vater geben sollte, aber das war ihr inzwischen egal geworden. Sie wollte einfach nur wieder zurück nach Hause gehen.

Komme was wolle.

Als sie Zuhause angekommen war, bemerkte sie, dass sie Besuch hatten. Der Kaffeetisch war, so wie es bei türkischen Familien gewöhnlich war, wenn sie Gäste bekamen, mit vielerlei süßem und salzigem Gebäck gedeckt gewesen von denen eines schmackhafter und köstlicher ausgesehen hatte als das andere. Es gab selbstgemachten Käsebörek von Derya sowie ein Teller selbstgemachten Sarma, gefüllte Weinblätter, von Selma. Dann waren da noch vom türkischen Supermakt eingekaufte diverse Kuchen und Kekse sowie eine kleine Schüssel Schokoladenpralinen. Selbstverständlich wurde dabei jede Menge türkischer Schwarztee getrunken. Die Nachbarin Selma Aydemir also war wiedereinmal bei ihnen gewesen und führte ein so

dermaßen intensives Gespräch, dass keiner der Anwesenden mitbekommen hatte als Demet das Wohnzimmer betreten hatte. Gerade als sie sich gedacht hatte, dass das ein sehr guter Moment gewesen wäre, um weiterhin unbemerkt in ihr Zimmer zu flüchten, musste sie abrupt stehenbleiben und sich umdrehen, nachdem ihre Mutter Derya auf sie aufmerksam geworden war *>>Hallo junge Dame! Wohin gehst du denn so schnell? Komm her und begrüße bitte unser Gast Selma!<<* -Gast? Stammgast trifft wohl eher zu- dachte sich Demet während sie sich mit einem Lächeln umgedreht und Selma freundlich begrüßt hatte. Als sie sich wieder auf den Weg machen wollte, hielt ihr Vater Rami sie mit einer Frage auf, die ihr auf der Stelle Gänsehaut bereitet hatte *>>Wie war es denn heute im Einkaufzentrum meine liebe Tochter?<<* Demet musste erst einmal schlucken, bevor sie folgende Antwort darauf gegeben hatte *>>Ganz gut Vater. Wir hatten viel Spaß mit Semra und Johanna. Sie richten euch viele Grüße aus.<<*
>>Das ist ja nett von ihnen. Bitte grüße sie beim nächsten Mal zurück meine liebe Tochter!<< Sagte ihr Vater drauf.
Am liebsten hätte sie auf seine Frage mit „der Tag war sehr teuer" geantwortet, aber den Mut dazu hatte sie nicht. Und zu ihrem Glück sollte es mit der Beichte, Dank der tratschenden Selma Aydemir, doch noch etwas länger dauern als gedacht. Zum ersten Mal konnte sie Selma gut leiden.
Doch weder dieser Gedanke noch die Freude sollten lange halten, nachdem ihre Mutter ganz aufgeregt folgendes offenbart hatte *>>Schätzchen komm doch bitte her und setz dich hin! Wir haben dir etwas zu sagen.<<* Demet verzog ihr Gesicht und sie dachte sich, worum es bloß schon wieder gehen konnte, während sie sich mit verlegenen Schritten zum Sofa bewegte.
Kaum hatte sie sich hingesetzt, wollte sie wissen worum es ging, woraufhin ihre Mutter stolz verkündete *>>Selma hat ei-*

nen Jungen für dich gefunden.<< -Oh nein, bitte nicht schon
wieder dieses Thema!- dachte sich Demet auf der Stelle und
gab folgende Antwort darauf >>*Mutter, ich habe dir doch
schon oft gesagt, wie ich darüber denke und im Moment zu diesem Thema stehe.*<<

>>*Jaaa, das weiß ich schon, aber so langsam müssen wir
ernsthaft anfangen uns darauf vorzubereiten. Du solltest jetzt
schon jemanden kennenlernen und versuchen eine gute Beziehung aufzubauen. Wir sagen ja nicht, dass du sofort heiraten
sollst, aber bis dahin solltest du zumindest verlobt werden und
wenn wir dich nächstes Jahr verloben können, könntest du bereits im darauffolgenden Jahr heiraten.*<<

Ach dieses Wort „heiraten" konnte Demet aufkochen lassen
wie das Wasser, das in diesem Moment in deren Teekanne bro-
delnd kochte. Sie fühlte sich einfach noch nicht bereit dazu
sich zu vermählen. Es war noch viel zu früh für eine Hochzeit
und auch selbst für eine Verlobung war es zu früh gewesen. Sie
wollte noch ihr Leben ein wenig genießen bis es dann tatsächlich soweit sein sollte. Sie wollte einen guten Schulabschluss
und hinterher Karriere im Beruf machen. Und jedes Mal, wenn
sie damit argumentierte, meinte ihre Mutter dazu, dass sie all
das dennoch machen könnte, aber sie wussten beide ganz genau, dass das nicht unbedingt der Wahrheit entsprach. Mag
sein, dass es einige Paare gegeben hatte, die eine gesunde Ehe
und zugleich eine berufliche Karriere schaffen konnten, aber
davon gab es gerade mal eine handvoll. Nicht alle Paare konnten Ehe und Karriere meistern ohne, dass eines davon garantiert zu Brüche ging. Entweder hatte man eine gesunde Ehe und
dafür wenig bis gar keine Chancen auf Karriere im Beruf oder
man konzentrierte sich auf seine Karriere im Beruf und ver-
nachlässigte dafür die Ehe, die irgendwann mit einer Schei-
dung oder gar Schlimmerem endete. Und Demet wollte zu kei-

nem dieser beiden Fälle gehören. Sie wollte sich zuerst auf ihre Schulausbildung und später auf ihre berufliche Karriere konzentrieren, bevor sie die wichtige Entscheidung ihres Lebens, eine Ehe eingehen zu wollen, treffen wollte. Und wieso musste es überhaupt immer nach den Eltern gehen? Ihr Vater schwieg eher, wenn es um dieses Thema ging und überließ derartige Gespräche lieber seiner Frau. Sie wünschte sich, dass ihre Eltern und vor allem ihre Mutter, ihre Entscheidung respektiert und akzeptiert. Denn schließlich sollte sie diejenige sein, die heiraten sollte und es sollte verdammt noch einmal ihre eigene Entscheidung sein, wann sie in den Bund der Ehe eintreten wollte. Es gab vorher noch so viel zu erleben, so viel in Erfahrung zu bringen. Das alles wollte sie auf gar keinen Fall verpassen und an sich vorbeiziehen lassen.

Sie wollte nicht zu den unglücklichen Frauen gehören, die zu früh geheiratet hatten und es bereuten, weil sie so vieles dadurch nicht machen konnten. Alle dachten immer, dass es großartig gewesen war zu heiraten und eine eigene Familie zu gründen, aber das traf nicht unbedingt für so junge Paare zu. Viele von ihnen hatten vorher keine Ahnung davon, dass sie gerade dabei gewesen waren damit ihr ganzes Leben zu zerstören. Weil sie eben viel zu früh geheiratet hatten und es überhaupt einfach nicht erwarten konnten zu heiraten. Sie stellten sich so etwas ernstes und verantwortungsvolles immer so einfach und leicht vor. Viele von ihnen waren sogar der Meinung gewesen, dass durch eine Ehe einige ihrer Probleme sich in Luft auflösen würde. Doch das war ein vollkommener Irrtum gewesen. Denn die Probleme lösten sich nicht auf, ganz im Gegenteil, sie bekamen sogar noch Probleme dazu. Probleme mit denen sie gar nicht gerechnet hatten. Auf die sie nicht vorbereitet gewesen waren. Auf die sie niemand vorher darauf vorbereitet hatte.

Es ist bestimmt schön, dachte sich Demet, eine eigene und glückliche Familie zu gründen, aber bestimmt nicht jetzt und auch nicht in den nächsten zwei oder drei Jahren. Sie hatte sich nämlich fest in den Kopf gesetzt mit frühestens siebenundzwanzig zu heiraten. Sie wäre immer noch unter dreißig und hätte bis dahin bereits einen guten Schulabschluss sowie Karriere im Beruf gemacht. Erst dann würde sie bereit für die Einschließung einer Ehe sein. Aber ganz bestimmt nicht jetzt. Und genau das versuchte sie ihrer Mutter erneut aufgeregt, aber auch genervt zu erklären. Denn sie hatte es mittlerweile schon richtig satt immer und immer wieder das selbe Thema durchzukauen. *>>Bitte Mutter, lass uns das Thema jetzt beenden. Ich denke noch nicht daran zu heiraten, weil ich das im Moment noch gar nicht möchte. Ich möchte erst einmal einen ordentlichen Schulabschluss und dann Karriere im Beruf machen. Erst dann könnte ich über eine Ehe ernsthaft nachdenken. Denn ich möchte nicht unbedingt auf meinen Ehemann angewiesen sein, sondern auf eigenen Füßen stehen und Stärke zeigen können. Noch ist es dafür zu früh.<<* In diesem Moment übernahm Selma das Wort noch bevor Derya etwas dazu sagen konnte *>>Meine liebe Demet, besser zu früh als zu spät. Es ist immer besser jung zu heiraten, eine eigene Familie zu gründen und die eigenen Kinder großzuziehen. Denn bedenke, wenn du zu spät heiratest wirst du auch spät Kinder bekommen und es möglicherweise noch schwieriger haben sie großzuziehen. Du solltest noch jung genug sein, um mit ihnen und den damit verbundenem Stress gut umgehen zu können. Ein weiterer Nachteil vom so späten Heiraten wäre, dass du dann höchst wahrscheinlich nicht mehr eine so große Auswahl an Männern haben würdest. Es könnte sein, dass du jemanden heiratest, der bereist verheiratet war oder der keine so gute Vergangenheit vorzuweisen hat und so weiter. Es ist viel besser, wenn du jetzt* *schon mit deinen Hochzeitsplänen anfängst. Und der Junge, den ich mir für dich gedacht und von dem ich deinen Eltern erzählt habe, stammt aus einer wohlhabenden Familie. Seine Eltern besitzen ein Möbelhaus und er selbst ist zwanzig Jahre alt und arbeitet jetzt schon als Manager dort. Und er sieht auch richtig gut aus mein Schätzchen.<<* Schwärmte die nervtötende Nachbarin.

Demet hielt das alles nicht mehr aus, woraufhin sie wutentbrannt aufsprang und beinahe ihre Seele aus dem Leib herausschrie als sie ihre Worte an Selma gerichtet hatte *>>Dann solltest du ihn ja vielleicht heiraten!<<* An dieser Stelle versuchten ihre Eltern sie zu beruhigen, doch sie hörte nicht auf die beiden und machte einfach weiter *>>Ich sage es noch ein letztes Mal! Ich möchte jetzt noch nicht heiraten. Und selbst wenn ich warte, werde ich ganz bestimmt nicht warten bis ich so alt bin wie du. Wenn du schon so viel Wert darauf legst jung zu heiraten, wieso hast du dann so lange gewartet? Wieso warst du bis jetzt nie verheiratet? Wartest du etwa bis du jemanden kennenlernst, der mehrfach verheiratet gewesen war, mehrere Kinder von mehreren Frauen hat und noch dazu eine schlechte Vergangenheit gehabt hatte? Wartest du, weil du jemanden suchst, der all das zusammen vorweisen kann oder was? ... Halte dich bitte in Zukunft aus meiner Privatsphäre heraus und lass auch meine Eltern damit in Ruhe! Es reicht mir allmählich und ich möchte so ein Gespräch die nächsten paar Jahre nicht mehr führen müssen.<<*

Ihre Ansage war für alle Anwesenden im Raum klar und deutlich gewesen. Mit einem knallroten Gesicht und Tränen in den Augen verschwand Demet mit zornigen Fußschritten direkt in ihr Zimmer, wo sie sich auf ihr Bett drauf geworfen und beschlossen hatte ihre Wut auszuweinen.

Währenddessen versuchten ihre peinlich berührten Eltern sich bei ihrem Gast Selma für das unangebrachte Verhalten ihrer Tochter zu entschuldigen.

Man konnte Selma deutlich anmerken, dass Demet's Worte sie schwer getroffen hatten. Sie bevorzugte es zu schweigen und einfach still und verlegen nach Hause zu gehen. In diesem Moment hatte sie es auch bereut, dass sie sich da eingemischt hatte und sich selbst geschworen nie wieder dieses heikle Thema anzusprechen. Denn mit so einer Reaktion hatte sie auf gar keinen Fall gerechnet. Noch nie zuvor hatte Selma diese Seite von Demet gesehen, weswegen sie umso überraschter gewesen war. Doch so etwas wollte sie nie wieder erleben.

Sie ging nach Hause und vermied es die nächsten Tage Demet zu begegnen.

Derya klopfte an der Tür, bevor sie Demet's Zimmer betreten hatte. So wie sie hereinging konnte sie ihre schluchzende Tochter auf ihrem Bett liegen sehen. Ohne wirklich darauf einzugehen, entschied sie sich lieber dafür Demet über ihr Fehlverhalten aufzuklären >>*Also Demet, das eben war wirklich sehr unangebracht gewesen. Das war sehr unhöflich von dir. Hätten wir uns alle von dir nicht erwartet.*<<

Diese Worte ärgerten Demet nur noch mehr, woraufhin sie schluchzend folgendes sagte >>*Es war unhöflich von Selma sich da einzumischen. Ich habe mich richtig verhalten. Was geht sie das an?*<<

>>*Sie hat ja nur einen Vorschlag gemacht und nichts weiter. Noch ist ja nichts beschlossen worden. Ich hatte ihr nämlich schon vor langer Zeit erzählt, dass dein Vater und ich uns Gedanken über deine Zukunft machen und auch darüber, dass wir dich bald ehelichen möchten und da hat sie eben nur ihre Augen und Ohren offen gehalten. Als sie dann diesen jungen Mann getroffen hatte, wollte sie uns von ihm erzählen. Wir wollten ja nur, dass ihr euch zuerst einmal kennenlernt und zu-*

seht wie es zwischen euch beiden läuft, bevor wir zum nächsten Schritt übergehen können. Wir wollten ja nicht, dass du ihn sofort heiratest oder so. Du hast heute sehr übertrieben reagiert und solltest dich daher bei Selma gleich morgen entschuldigen, hast du mich verstanden?<<

Demet dachte nicht daran und dies machte sie ihrer Mutter auch klar >>*Ach, ich soll mich noch bei ihr entschuldigen? Das werde ich bestimmt nicht machen. Ich konnte sie sowieso nie wirklich gut ausstehen. Sie soll mich einfach in Ruhe lassen. ... Ihr alle!*<<

Es folgte eine kurze Schweigepause, die dann schließlich von ihrer Mutter mit folgendem Satz unterbrochen worden ist >>*Jetzt geh' und mach dich frisch bitte und dann komm ein wenig was essen.*<<

Demet reagierte nicht darauf. Derya verließ das Zimmer wieder und machte die Tür hinter sich zu. Vor Wut entließ Demet einen langen Seufzer von sich und boxte gegen ihr Kopfkissen während sie zu sich selbst gesprochen hatte >>*Ich werde total wahnsinnig in dieser Familie.*<<

In diesem Moment klopfte es erneut an der Tür, woraufhin Demet genervt >>*Was gibt es schon wieder?*<< zugerufen hatte. Hinter der Tür ertönte eine sehr junge und weibliche Stimme, die fragte, ob sie hereintreten durfte. Nachdem es ihre ältere Schwester ihr erlaubt hatte, betrat Defne das Zimmer und fragte >>*Geht es dir gut?*<<

Für einen kleinen Moment hielt Demet inne, bevor sie mit einem kleinen Lächeln folgendes darauf geantwortet hatte >>*Ja Defne. Es geht mir gut danke.*<< Defne saß sich auf das Bett gleich neben ihrer älteren Schwester und sagte >>*Ich konnte in meinem Zimmer alles mithören. Ich bin auf deiner Seite.*<< Das nahm Demet auf der Stelle den ganzen Stress und die ganze Wut ab, sodass sie zum Lachen anfangen musste. Nachdem sie sich wieder beruhigt hatte, umarmte sie Defne und sagte ihr *>>Du bist die beste Schwester, die eine ältere Schwester sich nur wünschen kann. Ich liebe dich!<<* Und drückte ihr einen ordentlichen Kuss auf ihre Wange.

Defne schaffte es Demet sofort auf andere Gedanken zu bringen, indem sie angefangen hatte von ihrem Tag zu erzählen. *>>Wir hatten heute wieder unseren Bruder im Krankenhaus besucht.<<*

>>Ach ja, stimmt. Wie ging es ihm heute denn so?<< wollte Demet aufgeregt wissen.

>>Ganz gut.<< Sagte Defne und sprach weiter *>>Naja, eigentlich so gut auch wieder nicht.<<*

An dieser Stelle verschwand Demet's gute Laune wieder und sie fing sofort sehr besorgt zu fragen an *>>Wieso? Was ist mit ihm?<<*

>>Naja...<< fing Defne an und fuhr fort *>>...ein weiterer Patient mit dem er sein Zimmer teilte soll heute in der Früh während der Operation gestorben sein.<<*

Diese Nachricht stimmte Demet wieder traurig und sie sagte *>>Oh, das ist ja echt schlimm. So wie ich Demiray kenn, dürfte er sich gut mit diesem Typen verstanden haben, richtig?<<*

Kopfnickend sagte Defne *>>Ja, sie wurden zu BHB's sagte er zu mir.<<* Demet kneifte ihre Aufgen zusammen und überlegte sehr intensiv wofür BHB stehen konnte, aber sie kam einfach nicht darauf, woraufhin sie Defne darüber ausfragte *>>Was soll denn BHB bedeuten?<<*

>>Best Hospital Buddies sagte er.<< Beantwortete Defne die Frage ihrer Schwester.

>>Ach so, ok. Jetzt verstehe ich es.<< Sagte Demet während sie nachdenklich auf ihre Decke gestarrt hatte und fügte hinzu *>>Höre ich zum ersten Mal, ehrlich gesagt.<<*

Danach richtete sie ihre Aufmerksamkeit wieder ihrer jüngeren

Schwester zu *>>Was hast du sonst noch so gemacht?<<*
Schulterzuckend und mit trauriger Stimme sagte Defne *>>Ach,
gar nichts. Ich war sonst den ganzen Tag Zuhause und musste
an meine beste Freundin Tamara denken.<<*
>>Wieso? Was ist mit Tamara?<< Wollte Demet wissen.
Defne wusste zunächst nicht wie sie es ihrer Schwester erklären sollte. Sie versuchte es so kurz und einfach wie möglich zu
erklären. *>>Ich bin mir nicht so ganz sicher, aber ich denke,
dass die neue Schule ihr nicht gut tut.<<*
>>Wieso? Was genau meinst du damit? Wollte Demet nun wissen.
*>>Naja, seitdem ersten Tag dort scheint sie sich verändert zu
haben. Sie sieht zwar so aus wie Tamara, aber ihr Verhalten
ist vollkommen anders. Ich weiß auch nicht.<<* Sagte Defne,
woraufhin Demet versuchte sie lächelnd mit den folgenden
Worten zu trösten *>>Ach weißt du Defne, das ist völlig normal.
Sie ist in einer neuen Schule jetzt, wo sie von fremden nur so
umzingelt ist. Warte erst einmal ab bis sie sich daran gewöhnt
hat und du wirst sehen, sie wird ganz wieder die alte sein, versprochen. Gib ihr nur ein wenig Zeit!<<*
Defne hielt kurz inne und sagte darauf *>>Das hoffe ich sehr.
Ich vermisse es mit ihr zu spielen und so. Ich hoffe, du hast
recht.<<*
>>Aber klar Schwesterherz. Mach dir keine Sorgen darüber.<<
Tröstete Demet ihre kleine Schwester weiter und rieb dabei ihre Schulter.
Doch es einfach so abzuwarten war für Defne nicht genug gewesen. Sie wollte unbedingt herausfinden, was tatsächlich in
der neuen Schule vorgefallen war. Denn sie hatte bei der ganzen Sache immer noch das seltsame Gefühl in ihrer Magenge-
gend. Abgesehen davon hatte sie den einen fremden Jungen,
der angeblich das selbe Verhalten wie Tamara vorgewiesen

und den die Nachbarin Selma beiläufig erwähnt hatte, nicht vergessen. Sie wollte unbedingt der Sache auf den Grund gehen. Für ihre Freundschaft. Für ihre beste Freundin.
Doch dazu müsste sie sich noch etwas raffiniertes ausdenken. Im Moment wollte sie von ihrer Schwester nur wissen, wie ihr Tag so abgelaufen war, woraufhin Demet wie folgt antwortete *>>Sag's nicht Vater, aber ich habe es mit den Ausgaben wieder ein wenig übertrieben.<<*
Das kannte Defne bereits, weswegen sie nicht besonders überrascht gewirkt hatte. *>>Schon wieder also?<<* Sagte sie nur, woraufhin Demet mit *>>Ja, aber ich konnte irgendwie nicht anders.<<* antwortete. *>>War es wieder wegen Johanna?<<* fragte Defne und kannte die Antwort bereits. *>>Ja, aber sie hat mir diesmal wirklich sehr Leid getan.<<* Versuchte sich Demet zu rechtfertigen, woraufhin Demet ihr folgendes klar gemacht hatte *>>Das solltest du Vater erklären und nicht mir.<<*
Das war Demet schon klar gewesen, aber sie wusste eben nicht wie sie es ihm mitteilen sollte und sagte *>>Ich überlege mir dann schon eine gute Ausrede. Da muss ich jetzt durch.<<* Daraufhin sagte Defne folgendes *>>Sobald Vater die Kreditkartenabrechnung bekommen hat, wird er so oder so erfahren wofür du sein Geld ausgegeben hast. Also bedenke das, bevor du ihm wieder eine Geschichte erzählst.<<* Ach ja, die Kreditkartenabrechnung. Daran hatte Demet gar nicht gedacht, weswegen sie beschlossen hatte einfach bis dahin zu warten und ihrem Vater jetzt noch nichts zu sagen. So hätte sie auch Zeit, um sich eine bessere Ausrede auszudenken. Kopfschüttelnd sagte Defne folgendes *>>Diese Johanna macht dir immer Ärger. Und Semra ist auch nicht viel besser. Du solltest dir vielleicht neue und bessere Freunde suchen.<<* Demet sagte nichts darauf und dachte sich einfach nur, dass ihre Schwester damit recht haben könnte.

KAPITEL 5

ROYAL SCHOOL OF VIENNA

Eine neue Schulwoche hatte in der neuen Schule der Stadt
Wien begonnen.
Sämtliche Schülerinnen und Schüler befanden sich teilweise in
der Kantine und teilweise am großen Schulhof. Denn vor we-
nigen Minuten hatte die Glocke zur großen Pause geläutet.
Die große Pause dauerte in der ROYAL SCHOOL OF VIEN-
NA im Gegenteil zu den gewöhnlichen Schulen ganze dreißig
Minuten. Genau wie die Mittagspause für das Personal eines
Unternehmens also.
Doch die lange Pause war nicht das einzige, das diese Schule
so beliebt gemacht hatte. Da gab es noch vieles mehr.
Denn die ROYAL SCHOOL OF VIENNA hatte noch viele
weitere interessante Punkte im Angebot gehabt.
Die Schule bot zum Beispiel sehr viele freiwillige Sportarten
an, an denen die Schülerinnen und Schüler neben dem Pflicht-
fach Turnen, teilnehmen konnten.
Zur Auswahl gab es Reitunterricht, Ballettunterricht, Tanzun-
terricht, Selbstverteidigung, im schuleigenen Fußball-, Basket-
ball- oder Volleyballverein mitzumachen, Tennis, Tisch-Ten-
nis, Golfunterricht, Professionelles Schwimmen, Leichtathletik
sowie die Wintersportarten Eiskunstlauf und Ice Hockey.
Zudem besaß die ROYAL SCHOOL OF VIENNA einen sehr
großen Veranstaltungssaal mit einer großen Bühne und beque-
men Sesseln, der für diverse Veranstaltungen beziehungsweise
Parties oder Show's gedacht gewesen war. Schülerinnen und
Schüler mit außergewöhnlichen Talenten durften auftreten und
alles was sie wollten dem Publikum präsentieren.
Ein paar Räumlichkeiten weiter befand sich eine große Disko-

thek mit einer großen Getränkebar ohne alkoholische Getränke für das reine Vergnügen der Schülerinnen und Schüler.

Es wurden jährliche Klassenfahrten ins Ausland angeboten. Die Schülerinnen und Schüler hatten dadurch die Möglichkeit rund um die Welt zu reisen.

Neben den Pflichtfächern Deutsch, Englisch und Hebräisch hatten die Schülerinnen und Schüler die Möglichkeit weitere Fremdsprachen wie Arabisch, Chinesisch, Koreanisch, Französisch, Spanisch, Italienisch, Russisch und Flämisch zu lernen.

Religionsunterricht hatte die ROYAL SCHOOL OF VIENNA nicht angeboten, weil die Schulleitung der Meinung gewesen war, dass die verschiedenen Religionen außerhalb der Schule ausgeübt werden sollten. Jedoch hätte man sehr wohl in der Schulküche daran gedacht für die betroffenen Schülerinnen und Schüler koscheres Fleisch sowie auch Halāl Speisen anzubieten. Zusätzlich dazu wurden auch vegetarische sowie vegane Speisen zur Verfügung gestellt.

Die ROYAL SCHOOL OF VIENNA hatte eine sehr große Schulbibliothek mit einer großen Auswahl an Weltliteratur sowie sonstige Bücher über alle möglichen Themen in verschiedenen Sprachen. Einzig und allein Religionsbücher oder Bücher beziehungsweise Texte und Schriften über Religionen waren nicht vorhanden gewesen.

In der ROYAL SCHOOL OF VIENNA befanden sich mehrere EDV-Räume, die mit den aktuellsten PC's sowie der neuesten Technologie ausgestattet gewesen waren.

Es gab ein großes Musiksaal in dem das Schulchor den Umgang mit Instrumenten sowie den Gesang üben konnte.

Das Labor der ROYAL SCHOOL OF VIENNA sah aus wie das Labor eines verrückten Professors, der an geheimen Erfindungen oder Projekten arbeiten würde. Überall standen in geordneten Reihen Reagenzgläser in verschieden Größen und Formen herum. Maschinen, die kaum einer je zuvor gesehen oder gekannt hatte waren vorhanden. Ein riesengroßes Bild vom Periodensystem war auf die Decke gemalt worden. Zwei Anatomieskelette sowie nachgebaute menschliche Körperteile und Organe waren ebenfalls vorhanden.

Der Raum konnte bei einem zugleich Gänsehaut und Begeisterung verursachen.

Weiters hatte die Schule zweimal im Jahr Erste-Hilfe inklusive einen Brandschutzkurs angeboten.

Eines der Punkte, die die ROYAL SCHOOL OF VIENNA auch so beliebt machte, war die Tatsache, dass die Schulleitung jedes Jahr kurz vor den Jahreszeugnissen beziehungsweise dem Schulabschluss eine internationale Persönlichkeit aus der Film-, Musik-, Fernseh- oder Sportbranche, aber auch aus der Politik als Spezialgast einlud und diese mit den Schülerinnen und Schülern hautnah brachte. Und für das erste Eröffnungsjahr war verkündet worden, dass die Schule ihrem Namen gerecht werden würde, indem die Schulleitung einen royalen Gast einladen wollte. Denn es sollte niemand geringerer am Ende des Schuljahres die ROYAL SCHOOL OF VIENNA mit ihrer Anwesenheit und ihrem Besuch ehren als Ihre Majestät Queen Elizabeth höchst persönlich.

Als diese frohe Botschaft von der stolzen Schuldirektorin Mag. Andrea Janssen verkündet worden war, war dabei nicht nur die gesamte österreichische Presse, sondern die gesamte Weltpresse aufgeregt gewesen. Sie alle konnten die Ankunft der Königin von England nicht erwarten und hatten jetzt schon sämtliche Buchungen und Anmeldungen für ihre Reise und ihren Aufenthalt durchgeführt.

Doch so grandios das alles auch geklungen hatte. So einzigartig und fabelhaft die Schule auch sein mochte. Die ROYAL

SCHOOL OF VIENNA verbarg ein sehr dunkles und böses
Geheimnis hinter verschlossenen Türen.
Sie war nicht das, wozu sie von allen gehalten wurde. Denn die
ROYAL SCHOOL OF VIENNA war im wahrsten Sinne des
Wortes eine Schule des Grauens gewesen.
Die einzigen, die davon wussten, waren der gesamte Stab der
Schulleitung mitsamt dem Schulwart Herr Welsch, die Bürger-
meisterin Dr. Manuela Schlinke, der Bezirksvorsteher des
dreiundzwanzigsten Wiener Gemeindebezirkes Mag. Philipp
Moser und einige wichtige sowie reiche Persönlichkeiten aus
den USA, Kanada, Israel, dem Vereinigten Königreich, dem
Vatikan, China, Norwegen, Frankreich, Australien sowie aus
den Vereinigten Arabischen Emiraten.
Sie alle wussten von Anfang an, wozu die Schule eigentlich erbaut worden war. Um jedoch den Rest der Welt von diesem
dunklen und sehr bösartigen Geheimnis auf Abstand halten zu
können, behielten sie es einzig und allein nur für sich. Niemand
sonst durfte, ohne jegliche Ausnahmen, erfahren, was sie tatsächlich in der Schule veranstalteten.
Andernfalls würde das ein ganz großes Skandal werden und
das konnte sich niemand von ihnen leisten. Es durfte auf gar
keinen Fall ans Tageslicht treten, da sonst viele mächtige und
bekannte Persönlichkeiten davon betroffen wären. Ihr ganzes
Leben würde dadurch von der einen Sekunde auf die nächste
zu Brüche gehen.
Daher bewahrten sie alle dieses schmutzige, dunkle und bös-
artige Geheimnis unter sich auf und hatten geschworen nie-
mandem davon zu erzählen. Es sei denn, sie waren sich absolut
davon sicher, dass irgendjemand es Wert gewesen wäre, deren
Sekte beizutreten und unter Einhaltung jeglicher Regeln mitzumachen. Bevor diese Person tatsächlich eingeweiht und aufge-
nommen werden konnte, musste sich der Rat versammeln und

darüber abstimmen.

Ganz recht, sie waren nichts weiter als eine dunkle Sekte gewesen, die erbarmungslos ihre Ziele verfolgt hatten.

Sie waren diejenigen gewesen, die den gesamten Menschenhandel und auch die Entführung von Kindern auf der ganzen Welt kontrollierten und betrieben.

Vor allem das Geschäft mit den Kindern war das mit Abstand erfolgreichste.

Denn seitdem sie vor vielen Jahren drauf gekommen waren, dass sie durch das junge Blut all dieser Kinder selber lange jung bleiben können und sogar dadurch ihre Lebenserwartung sich verlängerte, war der Handel mit Adrenochrom -ein Stoffwechselprodukt- direkt durch die Decke hinauf geschossen.

Sämtliche reiche und wichtige Persönlichkeiten wollten davon profitieren und taten alles, um an dieses „Wundermittel" zu kommen. Sie investierten ebenso viel Geld in das Geschäft, um es am Laufen halten zu können.

So hatten sie mit vereinten finanziellen Mitteln die ROYAL SCHOOL OF VIENNA erbaut und Personen aus den eigenen engen und vertrauten Reihen damit beauftragt, die Schule zu leiten.

Ihren eigentlichen Zweck erfüllte die Schule tief in den unteren Kellergeschossen.

Denn unterhalb der Schule wurde ein hochentwickeltes und streng geheimes Klonungszentrum eingerichtet, das dazu gedient hatte Menschen, genauer gesagt, Kinder zu klonen.

Der Ablauf der gesamten Prozedur erfolgte folgendermaßen.

Sämtliche neue Schülerinnen und Schüler wurden sofort an ihrem ersten Tag in der Schule hinunter in das Klonungszentrum geführt. Dort wurden die mittlerweile verschreckten und vor Angst weinenden Kinder komplett nackt ausgezogen und an eines der zahlreichen Klonungsapparate angeschlossen. Ihre

Technologie war so weit fortgeschritten gewesen, dass die Maschinen in der Lage gewesen waren, innerhalb von sechs Stunden eine exakte und lebende Kopie des Kindes zu erstellen.
Die Klone mochten zwar exakt gleich ausgesehen haben wie ihre Originale, aber ihr Verhalten war nicht identisch gewesen. Doch das störte die Erfinder und die Investoren nicht.
Alles was sie interessiert hatte, war das Adrenochrom dieser Kinder gewesen.
Nachdem der Klonungsprozess beendet worden war, musste das künstliche Embryo, das sich in einer Art Glastube in menschlicher Größe, gefüllt mit Wasser und einer bestimmten chemischen Flüssigkeit, befunden hatte, ruhen und innerhalb von sechs Stunden die Größe und die Form des Kindes darin annehmen.
Die Schülerin oder der Schüler, die oder der den Klon unfreiwillig spendiert hatte, wurde zu weiteren Zwecken in die nächste Station gebracht.
Es war die Station, in der den Kindern ihr Adrenochrom aus dem Körper entzogen werden sollte. Auch in dieser Station wurden sie an gewisse Maschinen und Apparate angekoppelt, die auf eine sehr schmerzvolle Art und Weise die gesamte Lebensenergie aus ihnen heraussaugen sollten.
Nachdem das gesamte Adrenochrom extrahiert worden war, wurde es für die jeweiligen Abnehmerinnen und Abnehmer bereit gestellt, sodass sie im Anschluss zu ihnen verschickt werden konnten.
Selbstverständlich hatte die Schule auch einen gewissen Vorrat für sich in ihren dafür vorgesehenen Kühllagern aufbewahrt.
Da sie auch der Meinung gewesen waren, dass das reine Blut sämtlicher Kinder gesund und heilend für ihren Körper wirken würde, pumpten sie jedes einzelne Tropfen heraus, um es zu trinken. Da literweise Blut vorhanden war, und es war er-

schreckend viel, hatten sie das überschüssige, das sie nicht verkauften, zur weiteren Verarbeitung verwendet. Sie verarbeiteten das Blut all dieser Kinder zum Beispiel zu Trockenpulver, das sie in ihre selbsthergestellten Kaffee's hineinmischten und tranken. Der Kaffeeautomat der ROYAL SCHOOL OF VIENNA, der im Wartezimmer für Eltern und Gäste bereit stand, war damit voll gefüllt gewesen.

Des Weiteren wurde aus dem Blut ebenfalls selbsthergestellte Schokoriegel produziert, die im Snackautomaten, der auch im Wartezimmer stand, zum Kauf angeboten worden sind.

Derartige kranke Aktivitäten erfüllten all diese perversen Monster mit Zufriedenheit. Sie standen darauf zuzusehen, wie die Eltern ahnungslos das Blut ihrer eigenen Kinder genüsslich tranken oder aßen in dem Wissen, dass ihre Kundschaft, das sogenannte Jugendserum, in sich hineinspritzten. Das brachte sie immer auf eine Art Ekstase.

Nachdem sie die Kinder vollkommen ausgesaugt hatten, verbrannten sie deren Körper in dem speziell hergerichtetem Heizraum, der sich ebenfalls tief unter der Schule befunden hatte und entsorgten somit die Leichen, während die Klone ihre Plätze einnahmen.

Und da es immer und immer wieder menschlichen Nachwuchs gegeben hatte, würde die ROYAL SCHOOL OF VIENNA sich für immer und ewig mit ihnen versorgen können.

Nur deswegen war eine Schule wie die ROYAL SCHOOL OF VIENNA frei zugänglich für alle gewesen. Je mehr Kinder sie haben konnten, umso besser war es für sie und ihr bösartiges sowie perverses Geschäft gewesen.

So befanden sich die Schuldirektorin Mag. Andrea Janssen und die gesamten Klassenvorstände im Dachgeschoss und sie alle verbrachten ihre große Pause oberhalb. Dort hatte sonst niemand Zugang außer das Schulpersonal. Nur der Schulwart,

Herr Welsch, bevorzugte es seine Pausen in seinem kleinen Arbeitszimmer im Erdgeschoss zu machen.

Jedoch wusste er ganz genau, dass das gesamte Stab der Schule rund um einen großen und langen Esstisch gesessen und ihre Mahlzeiten, die großteils aus Kinderblut bestanden, genüsslich verzehrt hatten. Auch Herr Welsch waren all diese schrecklichen und perversen Aktivitäten bewusst und auch er trank das Blut der Kinder und spritzte sich Adrenochrom ein, aber er fand, dass er als Schulwart eine gewisse Grenze zum restlichen Schulpersonal pflegen musste. Abgesehen davon konnte er dadurch alles besser im Auge behalten und sofort aktiv werden, wenn sich etwas verdächtiges tun oder irgendjemand zu Besuch kommen sollte.

Der große und lange Esstisch des Schulpersonals stand direkt vor einer großen und schwarzen Statue eines Wesens, das sie für ihren Gott hielten und anbeteten. Es war Baphomet gewesen. Und direkt über seiner Statue stand an der Wand die Zahl 666 in roter Schrift. Die Zahl des Tieres oder aber auch die Zahl der Antichristen.

Genau die Zahl, die auch auf dem Blumenbeet der ROYAL SCHOOL OF VIENNA eingebettet worden war.

Das war also auch mit Tamara, der besten Freundin von Defne, geschehen. Man hatte sie gleich an ihrem ersten Schultag hinab in das Klonungszentrum gebracht, sie geklont, ihr das Blut und das Adrenochrom entnommen und ihre Leiche anschließend im Heizraum kaltblütig verbrannt.

Dieses schreckliche Schicksal hatten somit alle Schülerinnen und Schüler der ROYAL SCHOOL OF VIENNA geteilt. Sie wurden alle für die teuflischen Geschäfte von einigen perversen, kaltblütigen, boshaften, egoistischen und machthungrigen Personen missbraucht worden.

Doch die ROYAL SCHOOL OF VIENNA war im Gegensatz zu ihren Vorgängern in den USA noch sehr harmlos gewesen. Dort wurden die entführten Kinder nämlich, nachdem sie geklont wurden, Opfer eines rituellen Mordes. Die Mitglieder dieser okkulten Sekte, die ebenfalls Baphomet vergötterten und anbeteten, tranken nicht nur das Blut dieser Kinder, sondern aßen auch deren Fleisch, weil sie fest daran geglaubt hatten, dass sich dadurch die gesamte Lebensenergie all dieser Kinder auf sie übertragen würde.

Und als das schon nicht genug gewesen wäre, häuteten sie die Kinder, um aus deren Haut Schuhe, Mäntel, Handtaschen, Geldbörsen, Sitzmöbel oder sonstige Lederprodukte herstellen zu können, die sie stolz getragen beziehungsweise verwendet hatten. Zu ihrem Ritual gehörte auch dazu, dass sie die Haut rot einfärbten, bevor sie daraus ihre Lederschuhe herstellen ließen. Daher konnte man sehr viele mächtige und berühmte Persönlichkeiten aus allen möglichen Branchen in roten Lederschuhen oder Lederstiefeln beobachten. Doch der Rest der Menschheit hatte selbstverständlich überhaupt keine Ahnung davon gehabt, während sie ihre heißgeliebten Stars anhimmelten.

Denn es gehörte auch teilweise dazu, wenn man berühmt und reich werden wollte, dass man dieser Sekte beitritt, seine Seele verkauft, die abscheulichen Rituale sowie die perversen Bräuche erfüllt und deren streng geheime Regeln befolgt.

Nur so konnten es viele, allein in der Film- oder Musikindustrie, in kurzer Zeit, sehr schnell bis ganz hinauf schaffen. Plötzlich waren sie weltberühmt, reich, beliebt und sehr gefragt gewesen. Die Sekte organisierte einfach alles für sie. Von Konzerten über Fernsehauftritten in diversen Show's bis hin zu Hauptrollen in starbesetzten Blockbustern. Sie bekamen einfach alles was sie wollten.

Und alles was sie dafür machen mussten, war es die Regeln der

Sekte zu befolgen und ein treues Mitglied zu bleiben. Und natürlich, nicht zu vergessen, seine eigene Seele an den Teufel zu verkaufen. Somit wurden sie nicht nur zu treuen Mitgliedern, sondern auch zu dem persönlichen Eigentum der Sekte, die sie, sofern es nötig gewesen war, für diverse Rituale verwendeten. Sie wurden zwar nicht ermordet, aber dafür mussten sie viel bluten und den einen oder anderen blauen Fleck davon tragen. Es war einfach nur eine kranke und perverse Gesellschaft gewesen, die sich am Leid und Schmerz anderer vergnügte und befriedigte.

Doch soweit war es in der ROYAL SCHOOL OF VIENNA nicht gekommen und es sollte auch gar nicht soweit kommen. Der Plan für diese Schule des Grauens bestand nur darin das Adrenochrom der Schülerinnen und Schüler zu extrahieren. Ihr Blut war nur ein Bonus gewesen.

Während die Klone sich also teilweise in der Kantine aufhielten, hielten sich die restlichen im Schulgebäude oder am Schulhof auf. Weil sie allesamt seltsame und eher kalte Verhaltensmuster aufgewiesen hatten, hatte es gar nicht so ausgesehen, dass auch nur ein einziger von ihnen, sich tatsächlich amüsierte oder Spaß an dem was er tat hatte.

Sie bewegten sich zwar und einige unterhielten sich sogar, aber sonst konnten sie den Eindruck erwecken, dass sie nichts anderes gewesen waren als leere wandelnde Hüllen.

Den richtigen Menschen, bis auf wenige, schien das nicht sonderlich aufzufallen oder sie wirklich zu stören. Sie hatten sowieso alle ohnehin bereits genug eigene Probleme gehabt, sodass sie sich mit anderen weder beschäftigen konnten noch wollten. Sie machten mit ihrem Leben einfach genauso weiter. Die einzigen, die sich tatsächlich amüsierten, waren die Schuldirektorin und das gesamte Schulpersonal gewesen. Und die große Pause war einzig und allein für sie gedacht gewesen. Damit sie in aller Ruhe ihre Mahlzeiten genießen und über ihre Pläne sprechen konnten, nachdem sie alle gemeinsam die Baphometstatue angebetet hatten.

In der Zwischenzeit befand sich Defne in ihrem Klassenzimmer und verfolgte den Biologieunterricht von Frau Koch. Ihre Pause war schon vor einigen Minuten zu Ende gegangen und sie hatte sich wieder auf den Unterricht konzentriert.
Ihr Bruder Demiray wurde auch bereits am Vormittag entlassen und durfte sich noch einen Tag länger Zuhause ausruhen, bevor er auch wieder zur Schule musste.
Seine Verletzungen waren großteils schon wieder verheilt gewesen. Nur kleine und leichte Spuren auf seinem Gesicht waren noch zu erkennen. Sonst ging es ihm schon ziemlich gut.
Auch den Tod seines BHB's hatte er mittlerweile gut verarbeitet. Defne freute sich darüber, dass es ihrem Bruder wieder gut ginge und er endlich aus dem Krankenhaus entlassen worden war, das sehr stark nach Reinigungs-, und Desinfektionsmitteln sowie diversen Medikamenten und vielleicht sogar auch nach toten Menschen gerochen hatte. Obwohl sie zwar sehr kurze Aufenthalte im Krankenhaus hatte, waren diese fürchterlichen Gerüche unerträglich und sehr unangenehm für sie gewesen. Daher fand es Defne sehr mutig von ihrem Bruder, dass er es für eine so lange Zeit dort ausgehalten hatte ohne daran zu sterben. Andererseits war ihr auch sehr wohl klar gewesen, dass er keine andere Wahl hatte als die letzten drei Tage dort zu verbringen. Jedenfalls freuten sie sich alle darüber, dass er wieder zurück bei seiner Familie sein konnte. So musste Defne nicht mehr daran denken, wie es ihrem Bruder ganz alleine im Krankenhaus gehen würde, weil sie nun wusste, dass er ab diesem Tag wieder Zuhause sein würde. Darüber war sie froh und auch

erleichtert gewesen. Sie liebte nunmal ihren Bruder. Sie liebte ihre gesamte Familie. Genauso liebte sie auch ihre beste Freundin Tamara. Tamara war nun ab diesem Zeitpunkt die einzige an die Defne denken musste. Defne hatte ihr Versprechen, die sie Tamara vor einigen Tagen gegeben hatte, nicht vergessen. Sie hatte es sich fest in den Kopf gesetzt gleich nach Schulschluss die ROYAL SCHOOL OF VIENNA zu besuchen, um sich einige weitere Schülerinnen und Schüler genauer anzusehen, ob sie vielleicht auch Anzeichen von einem seltsamen und ungewöhnlichem Verhalten vorweisen würden. Ja, Defne wollte ein wenig Detektiv spielen und sie wollte den Fall, was wohl ihrer besten Freundin widerfahren sein könnte, unbedingt lösen.

Daher wartete sie ganz gespannt darauf, dass die Schulglocke endlich ertönte und sie die Schule so schnell wie möglich verlassen konnte, um rechtzeitig die Kinder aus der ROYAL SCHOOL OF VIENNA erwischen zu können.

Schließlich war der Moment dann doch endlich gekommen und die letzte Schulglocke für den Tag hatte geläutet.

Defne packte ganz schnell ihre Schulsachen in ihre Schultasche hinein und rannte ganz schnell durch die Menge an Kindern hinaus. Dabei war es für sie unmöglich gewesen einige von ihnen anzurempeln. Die Zurufe wie „Hey, pass doch auf!" oder „Aua, sei doch vorsichtig!", die sie hinter sich gehört hatte, hatte sie ignoriert.

Der Weg von ihrer Schule bis zu der ROYAL SCHOOL OF VIENNA war eine lange Strecke, weswegen sie zunächst auf den Linienbus und danach auf die Schnellbahn angewiesen war. Zu ihrem Glück waren beide rechtzeitig angekommen, wobei sie die S-Bahn gerade noch so erwischt hatte.

Der Lokführer hatte sie laufen gesehen und war so nett darauf zu warten bis sie heil und unverletzt eingestiegen war, bevor er die Türen zumachte und weiterfuhr.

Nun hatte sie zumindest etwas Zeit für eine Erholung gehabt. Sie hatte sich auf einen der freien Sitzplätze hingesetzt und konnte erst einmal ordentlich durchatmen. Neben ihr saß eine gar nicht so alte Dame, die sie neugierig angesprochen hatte *>>Na du bist ja vielleicht außer Atem. Ist alles in Ordnung?<<* Defne sah die Frau neben sich zuerst einige Sekunden an, die neugierig, aber auch besorgt ausgesehen hatte, bevor sie ihr eine Antwort gegeben hatte *>>Ja, alles in Ordnung! Ich möchte es nur rechtzeitig zu meiner besten Freundin schaffen.<<* Die Dame lehnte sich beruhigt zurück und sagte, ohne tiefer in das Gespräch einzugehen *>>Deine Freundin kann sich aber glücklich schätzen, jemanden wie dich zu haben. Anscheinend bedeutet sie dir sehr viel.<<* Defne hatte nichts darauf gesagt. Sie hatte nur gelächelt und sich gedacht, dass sie ebenfalls sehr viel Glück hatte, eine Freundin wie Tamara zu haben.

Der Rest der Strecke erfolgte schweigsam.

Die S-Bahn war in die Station eigefahren in der Defne wieder aussteigen musste. Sie hatte sich noch vorher von der Dame verabschiedet, die neben ihr gesessen war.

Und so wie sie die Schnellbahn wieder verlassen hatte, rannte sie auch schon wieder los als wäre ein Monster hinter ihr gewesen.

Von Weitem konnte sie bereits die edle ROYAL SCHOOL OF VIENNA sehen und auch wie sämtliche Schülerinnen und Schüler dabei gewesen war sie zu verlassen. Viele von ihnen wurden von ihren Eltern abgeholt und wurden gemütlich mit dem Auto nach Hause gefahren. Das hätte Defne am Liebsten auch gehabt. Vor allem wo sie wieder die ganze Zeit gerannt war wie eine Leichtathletin.

Je näher sie sich der Schule genähert hatte, umso intensiver richtete sie ihre Blicke auf die Kinder und versuchte ihre Bewegungen und ihr Verhalten genauer zu beobachten.

Und tatsächlich konnte, ohne Ausnahme, bei allen feststellen, dass sie sich allesamt exakt so verhielten wie Tamara. Der selbe kalte Gesichtsausdruck, die selben leeren Blicke, die selbe demotivierte Körperhaltung. Es passte alles zusammen. Sie war für eine Weile stehengeblieben, um sie alle besser beobachten zu können.

Sie war sich vorgekommen, wie der einzige Mensch, der sich inmitten von Robotern aufgehalten hatte.

Sie konnte regelrecht die Kälte verspüren, die all diese Kinder, die wie seelenlose Körper gewirkt hatten, ausgestrahlt hatten. Es war ein sehr gruseliger Moment für Defne gewesen, der bei ihr sofort für Gänsehaut gesorgt hatte.

Und erneut hatte sie sich überlegt, was zur Hölle in dieser Schule nur vorgefallen war.

Sie war sich ganz sicher gewesen, dass die Schule mit dem seltsamen Verhalten all dieser Kinder etwas zu tun gehabt hatte. Denn sie alle hatten angefangen sich erst so zu verhalten, nachdem die ROYAL SCHOOL OF VIENNA eröffnet worden war. Sie fand es nur noch seltsamer, dass die Eltern nichts von dem deutlich verändertem Zustand ihrer eigenen Kinder gemerkt hatten. Sie schienen sich nicht besonders dafür zu interessieren.

Jedenfalls hatte Defne aufgehört weitere Gedanken daran zu verschwenden. Sie hatte nun Ausschau nach ihrer besten Freundin Tamara gehalten, die sie jedoch nicht sehen konnte. Vielleicht war sie bereits von ihrem Vater abgeholt worden, hatte sie sich gedacht. Vielleicht aber war sie noch in der Schule. Defne musste es wissen und lief daher zum Eingang der ROYAL SCHOOL OF VIENNA. Sie drängte sich durch die

Schülerinnen und Schüler, die ihr entgegengekommen waren. Sie hatte sich dabei wie ein Fisch gefühlt, der versucht hatte gegen den Strom zu schwimmen.

Mit Gedränge und Gezwänge hatte sie es dann schließlich doch noch geschafft in das Innere des Schulgebäudes zu gelangen. Wieder war sie in der großen Eingangshalle gestanden, in der sie bereits beim Eröffnungstag gestanden war. Sie hatte sich herumgeschaut. Sie hatte ihre eifrig suchenden Blicke in alle möglichen Richtungen gewendet. Sie hatte nach rechts geblickt und dann nach links. Sie hatte nach vorne geblickt und dann nach hinten. Sie hatte auch die Treppen hinauf geblickt und hatte dabei beinahe drauf vergessen zu blinzeln.

Doch sie hatte weit und breit ihre beste Freundin nicht sehen können. Tamara war einfach nicht aufgetaucht. Sie war Defne, wie beim Eröffnungstag, nicht über den Weg gelaufen.

Sie mochte ihre beste Freundin zwar verpasst haben, aber immerhin konnte sie nun fest davon ausgehen, dass ihre Annahme über die ROYAL SCHOOL OF VIENNA sich bestätigt hatte. All die anderen Schülerinnen und Schüler, die das gleiche Verhalten aufgewiesen hatten wie Tamara, waren Beweis genug für sie.

Nun überlegte sie, welchen Schritt sie als nächstes einleiten könnte. Sollte sie an dieser Stelle abbrechen, nach Hause gehen und zu einem späteren Zeitpunkt mit einem besseren Plan erneut kommen? Oder sollte sie, jetzt wo sie schon da gewesen war, einfach weiter nach Hinweisen beziehungsweise nach Spuren suchen, damit sie mit einem handfesten Beweis zu ihren Eltern gehen konnte von denen sie sich erhoffte, dass sie ihr damit helfen würden?

Denn ohne einen Beweis vorlegen zu können, würden sie ihr nicht glauben. Niemand würde ihr glauben. Sie musste die anderen davon überzeugen können. Doch wie sollte sie das nur anstellen? Sie konnte ja nur schlecht irgendjemanden dazu überreden mit ihr zur ROYAL SCHOOL OF VIENNA zu kommen und sich das seltsame und beinahe zombiehafte Verhalten von den Kindern anzusehen.

Nein, noch war es viel zu früh für einen solchen Schritt gewesen. Defne wusste ganz genau, dass sie die ganze Sache selbst in die Hand nehmen musste. Ganz egal, was das Verhalten all dieser Kinder verursacht hatte, sie würde dahinter kommen und sie würde ihnen allen dabei helfen wieder ganz die alten zu werden.

Defne war sehr mutig und auch sehr klug für ihr Alter gewesen. Ohne Zweifel. Sie war in der Lage gewesen, gewisse Dinge zu erkennen beziehungsweise zu spüren, die andere gar nicht wahrnehmen konnten. Sie sah das als eine Gabe an. Manchmal sogar kam sie sich wie eine Superheldin damit vor. Eine Superheldin mit der Superkraft Gefahren zu erkennen. Darauf war sie sehr stolz gewesen.

Und genau diese Gabe, genau diese Superkraft wollte sie ausnutzen, um ihrer besten Freundin und nun auch all den anderen betroffenen Kindern zu helfen. Jetzt konnte sie tatsächlich eine Superheldin werden.

Denn sie hatte beschlossen noch nicht aufzugeben. Sie wollte weitermachen und versuchen an diesem Tag so viel herauszufinden wie sie nur konnte.

Daher fasste sie all ihren Mut zusammen, atmete einmal tief ein und machte sich auf den Weg Spuren zu erkennen, die manche Verbrecher nun mal so hinterließen.

Sie war bereits das einzige Kind, das sich noch unten in Eingangshalle der ROYAL SCHOOL OF VIENNA aufgehalten hatte. Alle anderen hatten sie Schule schon verlassen.

Jetzt wo sie so leer und frei von Menschen gewesen war, wirkte die Schule sehr unheimlich und kalt.

Doch davon ließ sie sich nicht zurückschrecken, sodass sie ihre Schultasche zurechtgerückt und sich auf die Suche nach möglichen Spuren gemacht hatte.

Defne hatte absolut keine Ahnung wonach sie wirklich suchen musste und auch nicht wo sie am besten mit ihrer Suche anfangen sollte. Sie ging einfach auf gut Glück los und hoffte zufällig auf etwas Hilfreiches zu stoßen, das sie in ihrem Fall weiterbringen konnte.

Sie ging vorsichtig die Stufen hinauf und hatte vor sich in jedem Stockwerk umzusehen. Obwohl sie sich sicher gewesen war, dass außer ihr sich sonst niemand in der Schule aufhalten würde, machte sie dennoch einen langsamen und leisen Schritt nach dem anderen. Das hatte sie selbst nicht wirklich unter Kontrolle gehabt. Das verursachte ihr Unterbewusstsein. Denn sie tat etwas was sie hätte lieber nicht tun sollen. Sie schnüffelte nach irgendwelchen Spuren, die allem Anschein nach im Verborgenen bleiben wollten. Die am besten nicht entdeckt werden sollten. Doch sie ignorierte all das und war fest davon entschlossen nicht aufzuhören bis sie auch nur die kleinste Spur entdeckt hatte.

Und kaum hatte sie das erste Stockwerk erreicht, schreckte sie für einen kleinen Moment auf wie eine Diebin, die sich im Laden herumgeschlichen hatte und dabei vom Ladenbesitzer ertappt worden war. Wie eine Gefängnisausbrecherin, die von den breiten Scheinwerfern eines Polizeihubschraubers entdeckt worden war. Ihr Herz klopfte dabei noch schneller als einige Sekunden zuvor und sie atmete wie jemand, die einen schweren Asthmaanfall bekommen hatte.

Herr Welsch, der Schulwart, stand direkt vor ihr. Er war gerade auf dem Weg gewesen hinunter in sein Arbeitszimmer zu gehen und lief dabei der erschrockenen Defne direkt entgegen und starrte sie genau mit den selben furchteinflößenden

Blicken an, mit denen er Defne und Tamara am Eröffnungstag angestarrt hatte.

Eine sehr kalte war in diesem Moment über Defne's Rücken gelaufen. Sie war wie erstarrt gewesen und konnte sich kaum noch bewegen. Sie wollte sich zwar umdrehen und wieder ganz schnell hinaus ins Freie laufen, aber ihr Beine wollten den Signalen, die ihr Gehirn ihnen ausgesendet hatte, einfach nicht Folge leisten. Sie fühlten sich für Defne so an, als würden sie nicht mehr zu ihr gehören. Als hätten sie plötzlich ein Eigenleben entwickelt und würden sich unabhängig von ihrem Körper verhalten. Solche Angst hatte sie zuvor nie verspürt. Sie war sich wie eine Fliege vorgekommen, die auf einer klebrigen Fliegenfalle auf ihren Tod wartete. Oder wie eine Fliege, die sich in ein Spinnennetz verfangen hatte und dabei von der Spinne beobachtet wurde, die nur darauf wartete sich auf sie zu stürzen.

Ihre Beine fingen an schwächer und wackeliger zu werden. Es war ihr so vorgekommen als würde sie versuchen auf einer Götterspeise das Gleichgewicht zu halten. Oder als würde sie sich ganz oben auf einem großen Jenga Spiel befinden, von dem ein Block nach dem anderen Stück für Stück unter ihr herausgezogen wird, sodass sie das Gleichgewicht langsam verlieren und in die Tiefe stürzen würde.

Was war hier nur los, dachte sie sich? Wieso hatte sie bloß so viel Angst? Sie konnte nicht mehr klar denken. Sie konnte nichts machen als die furchteinflößenden Blicke von dem noch furchteinflößenden Schulwart zu erwidern.

>>Was suchst du hier Mädchen?<< wollte Herr Welsch von ihr wissen. Seine Stimme klang sogar noch furchteinflößender. Defne konnte nicht sofort antworten. Sie wollte zwar, aber schaffte es nicht. Herr Welsch fing langsam an seine Geduld zu verlieren, weswegen er in einem noch strengerem Ton seine

Frage wiederholt hatte >>*Ich sagte, was du hier suchst? Gehst du hier zur Schule?*<<

Defne versuchte zu schlucken, aber ihr Mund war vollkommen ausgetrocknet gewesen. Sie versuchte dennoch, stotternd, einige halbwegs vernünftige Worte aus ihrem trockenen und klebrigen Mund herauszubringen >>*N...Nein, ich ge...gehe hier nicht z...zur Schule. Ich...Ich bin n...nur auf der Su...suche nach mei...meiner F...Freundin. Sie scheint a...aber nicht mehr hier...hier zu sein. Am besten, ich gehe jetzt wieder.*<<

Nachdem sie es endlich geschafft hatte zu Ende zu sprechen, war sie gerade dabei gewesen sich umzudrehen und diesmal mit schnellen Schritten die Stufen hinabzulaufen.

Herr Welsch ließ sie laufen und starrte ihr mit boshaften Blicken, die sie zwar nicht sehen, aber deutlich wahrnehmen konnte, hinterher.

Am Schultor angekommen, versuchte Defne die Tür zu öffnen und hinaus auf die Straße zu laufen. Doch mit noch größerer Furcht musste sie mit Bedauern feststellen, dass das gesamte Tor versperrt worden war. Mit aller Kraft und mit Tränen, die ihre Wangen hinunterrutschten, versuchte sie vergebens ein Flügel des Tores zu öffnen. Nachdem ihr klar geworden war, dass sie es alleine nicht schaffen würde, schrie sie um Hilfe und hoffte, dass irgendwer sie durch das dicke Tor hindurch hören würde. Doch ganz egal wie laut sie auch geschrien hatte, niemand konnte sie hören.

Inzwischen war Herr Welsch ebenfalls zum Tor gekommen und stand erneut direkt hinter Defne, die vor Angst und Schreck vollkommen außer sich gewesen war. Als würde sie es geahnt haben, dass ihr etwas schreckliches zustoßen würde, konnte sie ihre große Angst einfach nicht bezwingen.

Vielleicht war sie ja doch nicht so mutig gewesen, wie sie es immer von sich gedacht hatte. Doch sie hatte sich auch noch nie zuvor in einer derartigen Situation befunden. Das war vollkommen neu für sie gewesen.

Ihre Tränen wurden immer mehr. Sie gab ihren wackeligen Beinen nach und sank vor dem Schultor zu Boden.

>>*Ich dachte mir doch, dass du nicht aus dieser Schule sein kannst.*<< Hörte sie plötzlich wieder die furchteinflößende Stimme hinter ihr sprechen. Reflexartig hatte sie sich zu der Person, zu der diese grausige Stimme gehört hatte, umgedreht und blickte ihr erneut in die Augen, die nichts als Angst und Furcht in ihr verursachten.

Defne flehte den Schulwart an die Türen aufzumachen und sie gehen zu lassen, während er sich mit langsamen Schritten zu ihr genähert hatte.

>>*Bitte öffnen sie die Türen und lassen sie mich gehen! Ich möchte zu meiner Familie! Ich möchte zu meiner Mutter!*<< flehte sie ihn fürchterlich weinend immer wieder an. Doch Herr Welsch bevorzugte es zu schweigen und näherte sich immer mehr zu ihr. Je näher er gekommen war umso lauter wurden ihre weinerlichen Schreie.

Schließlich war Herr Welsch direkt über ihr gestanden und blickte für einen kurzen Moment auf sie hinab, bevor er ihren linken Oberarm gepackt und hinter sich her gezerrt hatte.

Defne wehrte sich und versuchte sich aus seinen Fängen zu befreien, aber sie war nicht stark genug gewesen. Sie versuchte sich mit ihren Schuhen abzubremsen. Sie biss ihm sogar in die Hand, aber nichts hatte genutzt. Sie wurde gegen ihren Willen durch die Eingangshalle geschleift.

Kurz bevor sie in den Schulkeller verschwunden waren, zu dem sie sich mehr und mehr genähert hatten, hatte Herr Welsch noch ein letztes Mal zu ihr gesprochen, während er sie mit einem ekelerregenden Lächeln angesehen hatte >>*Es wird alles gut werden mein Mädchen!*<<

100

KAPITEL 6

DIE KÜNDIGUNG

Noch am selben Vormittag hatte die Schicht von Rami etwas unruhig begonnen. Dadurch hatte er es nicht schaffen können, rechtzeitig mit der Arbeit zu beginnen und die Pakete für seine Kunden auszuliefern. Er hatte bereits geahnt, dass eine solche Situation ihm die ersten Kundenbeschwerden einbringen würde. Und dabei hätte er gar nichts dafür können. Er wäre zwar nicht Schuld daran gewesen, aber Rami wollte einfach keine „Minuspunkte" sammeln. Er wollte seinen Titel verteidigen und wollte weiterhin den Rekord als Zusteller ohne Kundenbeschwerden halten.

Doch die Nachricht eines guten Freundes und gleichzeitig auch Kollegen namens Adnan Karimov, der als Disponent tätig gewesen und somit auch zugleich Rami's Vorgesetzter war, war vom Büro seines Vorgesetzten wütend hinausmarschiert, nachdem er eine hitzige Diskussion mit ihm gehabt hatte. Adnan war einer in der S3 Position. Die Abkürzung S stand für Stufe. Je höher die Stufe umso höher der Rang im Unternehmen. Ab S3 hatte man bereits eine leitende Funktion im Management des Unternehmens gehabt. Die höchste Stufe, die man in diesem Unternehmen erreichen konnte, war die zehnte gewesen. Rami war ein Mitarbeiter der Stufe 2 gewesen.

Als Adnan Rami über den Weg gelaufen war, hatte er mit einem sehr wütenden und verärgerten Tonfall sowie einem Gesichtsausdruck, der so angeschwollen wirkte, als ob sein Kopf jeden Moment explodieren würde, erzählt, was zwischen ihm und dem Geschäftsführer des Transportunternehmens vorgefallen war und, dass er gekündigt hätte.

Rami und auch vielen weiteren Kolleginnen und Kollegen war

bereits seit längerer Zeit bekannt gewesen, dass Adnan und deren Vorgesetzter Norbert Resch, der als Geschäftsführer in der zehnten Stufe gewesen war, sich oft aufgrund Meinungsverschiedenheiten gestritten hatten. Ein anderer Grund für eine ständige Auseinandersetzung war der, dass Adnan der Meinung gewesen war, dass Norbert Resch keine gute Arbeit leisten und auch kein Wert auf sein eigenes Personal legen würde. Er gab ihnen immer mehr Arbeit, sodass sie oft Überstunden leisten mussten, jedoch Norbert Resch immer die Lorbeeren dafür erntete.

Norbert Resch war immer streng und ungerecht gewesen. Er scheute sich auch nicht davor zurück sein Personal auch nur beim kleinsten Fehler vom Dienst zu entlassen. Daher musste Adnan immer wieder, zusätzlich zu seinem stressigen Job, neues Personal suchen, rekrutieren und einschulen. Als ob das alles nicht genug gewesen wäre, hatte Norbert Resch sogar einen langjährigen Mitarbeiter namens Srdjan Pavlović, obwohl dieser oft negativ aufgefallen war und daher schon vor langer Zeit hätte entlassen werden müssen, jedes Mal geschützt. Der Grund war der, dass er all seine Kolleginnen und Kollegen, die sich abfällig über Norbert Resch geäußert hatten, verpetzt hatte. Srdjan war ebenfalls ein S3 Mitarbeiter gewesen.

Einen solchen hinterhältigen Mitarbeiter konnte Norbert Resch sehr gut im Unternehmen gebrauchen. Dieses abscheuliche Verhalten von Srdjan wusste zwar jeder, aber sie konnten absolut nichts dagegen machen. Daher wurde er sehr schnell unter seinen Kolleginnen und Kollegen unbeliebt. Doch das war ihm egal gewesen, weil er den völligen Schutz von seinem Vorgesetzten Norbert Resch genossen hatte. Deswegen hatte er sich auch sehr oft viele weitere Gemeinheiten sowie auch das Belästigen von Kolleginnen am Arbeitsplatz erlaubt. Selbst dann trauten sich nicht viele gegen ihn eine Beschwerde bei

Norbert Resch einzureichen, weil dies nichts bringen würde außer eventuell deren eigene Entlassung. Und sie alle waren auf ihren Job, der ja auch gut bezahlt gewesen war, angewiesen. Daher bevorzugten sie es zu schweigen und einfach über die unangebrachten Taten von Srdjan Pavlović hinwegzusehen und ihn zu ignorieren so gut sie konnten.

Doch Adnan hatte es bereits endgültig gereicht. Er wollte nicht mehr länger alles ignorieren und sowohl für seine Kolleginnen und Kollegen als auch für sich selbst dagegen etwas unternehmen. Denn vor seiner Kündigung, die er an diesem Tag zuerst Norbert Resch auf den Tisch geknallt und danach das Kündigungsschreiben Rami in die Hände gedrückt hatte, hatte er oftmals das Fehlverhalten von Srdjan zur Sprache gebracht und gehofft, dass Norbert Resch endlich etwas dagegen unternehmen würde. Doch als sich nichts gebessert und auch Norbert Resch seine Beschwerden weiterhin ignoriert hatte, hatte Adnan schlussendlich ein sehr langes Kündigungsschreiben verfasst und dadurch seinem Job ein Ende gesetzt. Denn er konnte es nicht mehr länger ertragen weiterhin in einem derartigen Unternehmen beschäftigt zu sein.

Als Rami das teilweise zerknitterte Kündigungsschreiben von Adnan mit seiner Hand geglättet hatte, fing er es zu lesen an. Doch vorher hatte sich Adnan von ihm verabschiedet und sich bei ihm entschuldigt, dass er ihn so erleben musste und, dass er sich nicht mehr Zeit für ihn nehmen konnte. Adnan hatte Rami jedoch versprochen, dass er sich demnächst bei ihm melden würde, sobald er sich wieder beruhigt hatte. Rami hatte vollstes Verständnis dafür gehabt und meinte zu ihm, dass er ihn dennoch am Abend, gleich nach Dienstschluss, anrufen würde. Adnan nickte nur mit seinem Kopf und verließ das Unternehmen für immer. Rami war bereits über der Zeit, jedoch würde er dennoch gerne wissen, was Adnan geschrieben hatte. Also fing er zu lesen an.

„Betreff: Kündigung bzw. Auflösung des aktuellen Arbeitsvertrages durch den Arbeitnehmer

Sehr geehrte Damen und Herren,

hiermit möchte ich bekanntgeben, dass ich, Adnan Karimov, mein derzeitiges Arbeitsverhältnis bei FALKE TRANSPORT, auflösen und mit sofortiger Wirkung beenden möchte.
Der Grund dafür ist folgender.
Ich fing im Juli 2008 in der Spätschicht an und führte meine berufliche Karriere ab dem September desselben Jahres im Management fort.
Zu Beginn lief alles recht gut. Ich hatte mich in meine neue Position sofort eingelebt und verstand mich auch mit meinen neuen Kolleginnen und Kollegen überaus gut.
Jedoch, so wie es in vielen Fällen vorkommt, gab es und gibt es immer noch ein „schwarzes Schaf" im Team, das über einen längeren Zeitraum für Unruhe unter den Kolleginnen und Kollegen gesorgt hat. Sein Name lautet Srdjan Pavlović. Nachdem sich das restliche Team, mich inbegriffen, dabei unwohl gefühlt hatte, weil der Kollege hinter all unseren Rücken Lügen erzählte und versucht hatte uns bei sämtlichen anderen Arbeitskolleginnen und Arbeitskollegen schlecht dar stehen zu lassen, hatte ich schlussendlich sowohl unserer aktuellen Senior Managerin als auch unserem Geschäftsführer von diesem Problem erzählt. Und obwohl mir versprochen wurde, dass man dagegen vorgehen würde, passierte von Seiten des Managements nichts, woraufhin der Kollege für umso mehr Unruhe sorgte. Er dachte sich wohl, dass er sich somit alles erlauben könnte ohne, dass er mit jeglichen Konsequenzen rechnen muss.
Wie auch immer.
Nach einer Weile hatte ich daher aufgehört diesen Kollegen

sowohl zu begrüßen als auch mich von ihm zu verabschieden. Denn, jemanden, der ständig gewaltige Lügen verbreitet, eigene Kolleginnen und Kollegen beim Vorgesetzten verpetzt und dadurch im eigenen Team für Unruhe sorgt, möchte ich weder grüßen noch im Team haben. Nachdem dieser Kollege mich schließlich darauf angesprochen und gefragt hatte, wieso ich ihn nicht mehr grüße, sagte ich zu ihm, dass ich ihn, aufgrund seines schlechten Verhaltens, nicht als ein Teil des Teams sehe und bezeichnete ihn als ein Schließmuskel, jedoch verwendete ich dabei den dafür vorgesehenen Kraftausdruck. Er spricht ständig davon, dass wir alle ein Team sind, verhält sich jedoch hinter unser aller Rücken wie ein Verräter und verbreitet Lügen und sorgt dabei für ein schlechtes Bild des gesamten Management Teams. Seitens der zuständigen Managerin, aber auch der Geschäftsführung, möchte ich an dieser Stelle erneut betonen, dass bis zu dieser Auseinandersetzung, nichts dagegen unternommen worden ist, obwohl ich es versprochen bekam.

Wer weiß? Vielleicht fand ein Gespräch mit dem besagten Kollegen statt, aber wie das Gespräch ablief weiß ich leider nicht. Alles was ich weiß ist, dass es anscheinend nichts gebracht beziehungsweise der Kollege dies nicht ernst genommen hat. Denn ansonsten, denke ich zumindest, dass er mit all diesem Unruhestiften schon vor Monaten aufgehört hätte. Unsere Senior Managerin spricht, wenn es darauf ankommt, immer von einem professionellen Betrieb sowie einem professionellen Umgang untereinander. Ich möchte erwähnen, dass ich in sehr vielen professionellen Unternehmen tätig gewesen war, FALKE TRANSPORT jedoch, gehört definitiv nicht dazu. Denn seit ich die erste Beschwerde eingereicht und gesehen hatte, dass sich absolut gar nichts, bezüglich dem Fehlverhalten des Kollegen, zum Positiven geändert hat, stattdessen sein Verhalten schlimmer geworden ist, war mir klar gewesen, dass das zuständige Management meine bzw. die Meinung des Teams nicht wirklich zu Herzen nimmt und es ihnen egal zu sein scheint, worüber wir uns beschweren beziehungsweise uns unwohl fühlen. Denn hätte das Management bereits damals sofort gehandelt, wäre es möglicherweise gar nicht erst soweit gekommen. Meiner Meinung nach hat das Management somit leider versagt. Aufgrund meines gegenüber dem Kollegen angewendeten Kraftausdruckes, bekam ich eine Verwarnung sowie einen Eintrag in der Personalakte. Weil mein Verhalten, laut den Aussagen des Managements und des HR's nicht professionell gewesen war und in einem professionellen Betrieb wie FALKE TRANSPORT nichts zu suchen hat.

Doch nun möchte ich Sie fragen verehrte Damen und Herren. Ist es professionell einen Kollegen, wie ich ihn oben erwähnt habe, zu decken? Ist es professionell, dass der besagte Kollege nicht zur Rechenschaft gezogen wird, obwohl er zwei Kolleginnen im Dienst verbal sexuell belästigt hat? Spät, aber doch wurde dieser Fall zur Sprache gebracht, jedoch wurde nicht darauf eingegangen und der Kollege erhielt dafür absolut nichts. Jetzt belästigt er sie verbal und in weiterer Folge vielleicht sogar physisch, weil er genau weiß, dass er mit keinen Konsequenzen zu rechen hat.

Ist es professionell die Meinungen und die Anliegen des eigenen Teams nicht zu beachten beziehungsweise nicht ernst genug zu nehmen und dadurch auch nicht sofort zu handeln? Ist es professionell im Senior Managementbüro obszöne Zeichnungen von diversen männlichen Geschlechtsorganen auf die Trennwände zu zeichnen, die von jemandem in der S5 Position erstellt worden sind? Ist es professionell, dass jemand, der in der S6 Position ist, zu seinen Kolleginnen und Kollegen ins Gesicht sagt, dass es ihm egal ist, dass sie Probleme haben und, dass er sich um diese nicht kümmern möchte und obendrein ihnen damit droht, sie aus dem Fenster hinauszuwerfen? Ist es professionell sich um eine Sicherheitstür, die seit mehreren Wochen teilweise defekt und zudem noch eine Brandschutztür ist, nicht zu kümmern? Ist es professionell wenn eine Managerin in der S5 Position eine freche Antwort gibt wie „Wo steht das geschrieben?", nachdem man sie darauf aufmerksam gemacht hat, dass die Permissions für das neue Personal Seiten des Managements erstellt werden sollten und nicht vom neuen Personal selbst beziehungsweise von anderen im Team, die sich in den Stufen 1 bis 3 befinden? Gegenfrage, wo steht es geschrieben, dass S1 bis S3 Mitarbeiterinnen und Mitarbeiter, die eigentliche Arbeit vom Management der Stufe S4 und höher erledigen müssen? Einiges muss nicht unbedingt geschrieben werden. Man muss nur auf den Hausverstand zurückgreifen. Denn wenn ich zum Beispiel ein Senior Manager in einem Unternehmen wie FALKE TRANSPORT gewesen wäre, würde ich für das neue Personal alles vorher rechtzeitig bereitstellen sowie seine Permissions beantragen, sodass die neue Kollegin bzw. der neue Kollege sofort mit ihrer beziehungsweise seiner Arbeit anfangen kann ohne, dass sie oder er vorher unnötig Zeit daran verschwendet, weil sie oder er die Arbeit vom Management erledigen muss. Kurz gesagt, ich würde meinen Job als Manager machen und all das nötige vorher managen und vorbereiten wie es sich nun mal gehört. Und nicht etwa sagen „Bitte, besorge dir alle Permissions selbst!". Denn über 90% dieser Permissions müssen vom Management beantragt werden. Man bekommt sogar ständig eine Nachricht am Bildschirm angezeigt, dass für die jeweiligen Berechtigungen nur die zuständige Managerin oder der zuständige Manager die nötige Permission beantragen muss. Daher macht es einfach keinen Sinn, wenn das neue Personal bzw. die restlichen Kolleginnen und Kollegen vom Team sich darum kümmern, weil sie einfach nicht berechtigt dazu sind. Dies beansprucht viel Zeit und verzögert die Arbeit des Teams, die ohnehin schon genug zu tun hat. Vor allem einen Disponenten wie mich hindert eine solche Aufgabe von der eigentlichen Arbeit, wo ich doch ständig unsere Fahrerinnen und Fahrer sowie sämtliche Pakete im Auge behalten muss und den Überblick nicht verlieren darf. Ist es professionell, wenn das Team bestehend aus S1 bis S3 Kolleginnen und Kollegen, ein Meeting im Meetingraum hält, jedoch jemand vom Senior Management oft hereinspaziert, ohne sich für die Störung zu entschuldigen, und sich ein Getränk oder sonst etwas vom Kühlschrank nimmt? Die Managerin, die das Meeting leitet, schweigt einfach, obwohl es einige Male zur Sprache gebracht worden ist. Wenn jedoch jemand in der S1 bis S3 Position genauso vorgehen möchte, während eines Senior Management Meetings, wird der- oder demjenigen gesagt, dass sie oder er draußen bleiben und das Meeting nicht stören soll. Soll das etwa heißen, dass die Meetings vom S1 bis S3 Personal nicht wichtig und nicht ernstzunehmen sind? Darf man diese jederzeit einfach so stören, wann man möchte nur weil man S4 oder höher ist? Wo bleiben hier die Höflichkeit, der Respekt und der professionelle Umgang?

Die Liste ist noch um einiges länger, jedoch möchte ich sie nicht weiter in die Länge ziehen.

Ein solches Management und eine solche Führung kann und möchte ich nicht ernst nehmen, weswegen ich mich vom Unternehmen verabschieden möchte. Das Management ist noch sehr unerfahren bezüglich Teamführung und daher weit davon entfernt ein gutes und beispielhaftes Vorbild für das eigene Team zu sein. Ich möchte in einem Unternehmen tätig sein, in der das Management tatsächlich auch etwas von guter Führung versteht und vorbildlich vorgehen kann. Spät aber doch hat das Management doch noch beschlossen für eine gute Atmosphäre im Team zu sorgen. Leider waren dazu viele Beschwerden vom Team nötig, um endlich aktiv zu werden. Ich wünschte, das Management wäre viel früher und vor allem von selbst aktiv geworden.

Was ich sehr gerne von Ihnen wissen würde ist verehrte Damen und Herren, ob nun alle diese Personen auch eine Verwarnung sowie einen Eintrag in deren Personalakten bekommen oder ist deren Verhalten für ein sogenanntes professionelles Unternehmen angemessen und nicht so schlimm wie ein harmloser Kraftausdruck?

Dürfen sich diese Personen alles erlauben und kommen damit durch, weil sie im Management sind oder gelten die Gesetze und Regeln nur für die Unterschicht?

Wenn dem so ist, kann man dann noch von einem professionellen Unternehmen und davon, dass man ein Team ist sprechen?

Dieses Schreiben, meine verehrte Damen und Herren, ist nicht bloß nur eine Kündigung, sondern auch meine persönliche Beurteilung sowie Verwarnung an das Management und auch an die Geschäftsführung von FALKE TRANSPORT.

Ich werde ebenso eine Kopie an die Gewerkschaft zusenden, um die dortigen Damen und Herren davon in Kenntnis zu setzen.

Denn das Management von FALKE TRANSPORT benötigt unbedingt eine rasche Verbesserung sowie eine korrekte Einschulung. Ansonsten werden in Zukunft vielleicht noch weitere ähnliche Fälle auftreten beziehungsweise gemeldet werden.

Als Personal sollte man sich in der Arbeit wohlfühlen können und nicht ständig gestresst sein, weil das Management keine gute Führung vorlegen kann. Es wird einem das Gefühl gegeben, ob nun bewusst oder unbewusst kann ich nicht genau sagen, aber es wird leider nun mal so vermittelt, als wäre man nicht wichtig, sondern nur Objekte, die einfach nur funktionieren und die Arbeit erledigen sollen.

Von einem großen Unternehmen wie FALKE TRANSPORT hätte ich mir mehr erwartet und Ihnen gerne positives darüber berichtet anstatt nur meine Enttäuschung zum Ausdruck zu bringen.

Zum Abschluss möchte ich noch eine weitere Sache erwähnen. Neuerdings kursieren nämlich Gerüchte umher, dass einige der Managerinnen und Manager, trotz einer schweren Grippeerkrankung, teils im Homeoffice und teils direkt am Arbeitsplatz, gearbeitet haben sollen. Meines Wissens nach müsste man sich Krank schreiben lassen und weder von Zuhause aus noch am Arbeitsplatz arbeiten. Ob es nun tatsächlich ein Gerücht ist oder es sich um die Wahrheit handelt, sollten Sie am besten persönlich überprüfen und der Sache nachgehen. Denn, falls es doch die Wahrheit sein sollte, dann haben diese Personen die Gesundheit ihrer Kolleginnen und Kollegen bewusst gefährdet. Das ist fahrlässig und würde schwere Konsequenzen nach sich ziehen bis hin zu einer Anzeige führen. Und, dass erst vor wenigen Tagen zufällig einige Kolleginnen und Kollegen vom Team plötzlich auch eine Grippeerkrankung vorgewiesen hatten, regt Einen zum Nachdenken an, ob vielleicht genau diese Managerinnen und Manager daran Schuld haben könnten. Falls doch, dann wissen Sie ja besser als ich, welche Nachwirkungen dies auf das Unternehmen haben würde.

Mir ist bewusst, dass ich durch meine sofortige und nicht einvernehmliche Kündigung sowie aufgrund der Nichteinhaltung der vorgeschriebenen Kündigungsfrist auf jegliche Ansprüche, wie zum Beispiel Urlaubsentgelt, Urlaubs- und sonstige freie Tage, freiwillig verzichte und ebenso dadurch eine sechswöchige Bezugssperre beim Arbeitsmarktservice erhalte.

Ich bedanke mich sehr für Ihre wertvolle Zeit, die Sie meinem

Schreiben geopfert haben und wünsche Ihnen weiterhin viel Erfolg!

Mit freundlichen Grüßen,
Adnan Karimov"

Wow, war das aber lang, hatte sich Rami gedacht, nachdem er endlich mit dem Lesen fertig geworden war. Adnan hatte einfach so all seine Gedanken und alles was ihn am Unternehmen gestört hatte auf Papier niedergeschrieben.
Jedoch hatte er Adnan damit vollkommen recht gegeben. In seinem Kündigungsschreiben hatte er bereits alle wichtigen Punkte erwähnt, die das Unternehmen tatsächlich nicht berücksichtigt hatte.
Rami hatte es von Adnan sehr mutig gefunden ein derartiges Kündigungsschreiben zu verfassen und ihn Norbert Resch vorzulegen. Denn Adnan war immer ein eher ruhiger Mensch gewesen, der alles und jedem mit viel Geduld begegnete. Adnan hatte in der Tat eine sehr lange Zündschnur, die jedoch an Dynamit hing. Und nun war dieser Dynamit schließlich explodiert.
Allein mit einem solchen Brief hätte Adlan dem gesamten Unternehmen und erst recht dem Geschäftsführer Norbert Resch sowie einigen Senior Managerinnen und Senior Managern schaden können und wenn er ihn auch noch der Gewerkschaft zusenden würde, sowie er es in seinem Schreiben angegeben hatte, dann würde FALKE TRANSPORT erst richtig große Probleme bekommen.
Rami dachte daran, dass schon bald viele Entlassungen in den oberen Etagen stattfinden könnten.
Vielleicht müsste ja sogar Norbert Resch sein Arbeitsplatz für eine Nachfolgerin oder einen Nachfolger räumen.

Oder aber, es würde sich, zur Überraschung aller, etwas komplett anderes ereignen. Er wusste es nicht. Er konnte nur spekulieren. Doch andererseits wollte er auch gar nicht allzu viele Gedanken daran verschwenden. Er war nur froh darüber gewesen, dass endlich jemand aufgestanden war und der gesamten Oberschicht die Meinung mitgeteilt hat.

Er hatte es nur sehr schade gefunden, dass Adnan dafür seinen Job opfern musste. Einen so guten und zuverlässigen Disponenten wie ihn, würde das Unternehmen nur sehr schwer wieder finden können.

Rami hatte das Schreiben von Adnan in die Innentasche seiner Sicherheitsweste, die er während des Dienstes immer anziehen musste, hineingesteckt und auf seine Uhr, die er an seinem linken Handgelenk getragen hatte, geschaut.

Es war bereits allerhöchste Zeit gewesen. Er musste sich beeilen und sich sofort auf den Weg ins Verteilerzentrum machen, um die für seine Tour vorgesehenen Pakete in sein Fahrzeug zu beladen.

Adnan Karimov befand sich inzwischen bereits in seinem privaten Auto auf der Straße und war unterwegs nach Hause gewesen.

Seine Wut hatte sich immer noch nicht gelegt. Sein Gesichtsausdruck vermittelte ganz deutlich, dass man sich besser nicht mit ihm anlegen sollte. Er hatte das Lenkrad mit beiden Händen ganz fest gepackt und seine Blicke waren dermaßen auf die Straße fixiert gewesen, als würde seine gesamte Wut dem Straßenverkehr gelten.

Während der gesamten Fahrt über musste er ständig an den Streit, den er mit Norbert Resch gehabt hatte denken. Er wiederholte den gesamten Ablauf der verbalen Auseinandersetzung immer und immer wieder. Es wollte ihm einfach nicht aus dem Kopf gehen. Er fühlte sich hintergangen. Er fühlte sich zu Unrecht behandelt. Nicht er sollte derjenige sein, der gehen musste, sondern all die anderen, die sich nicht korrekt am Arbeitsplatz verhalten konnten.

Doch es sollte ihm von diesem Zeitpunkt an vollkommen gleichgültig sein, was in FALKE TRANSPORT passierte.

Denn er gehörte ja nicht mehr dazu. Er hatte gesagt, was er sagen wollte. Er hatte seine ehrliche Meinung über das unfähige Management sowie über den hinterhältigen Kollegen Srdjan Pavlović und den eingebildeten Mistkerl von Geschäftsführer Norbert Resch ganz deutlich, sowohl mündlich als auch schriftlich zum Ausdruck gebracht.

Er hatte bereits alles gesagt, was auch viele andere von seinen Kolleginnen und Kollegen gedacht hatten. Er hatte das ausgesprochen, wozu sich all die anderen nicht getraut hatten. Sein Gewissen war rein gewesen. Das war bereits vor langer Zeit fällig gewesen. Er hatte schon zu lange geschwiegen und geduldig darauf gewartet bis sich etwas positiv verändern sollte. Doch unter diesen Umständen hätte er definitiv nicht mehr länger mitmachen können. Er wollte nichts mehr mehr weder mit diesem Unternehmen noch mit dessen Personal etwas zu tun haben. Adnan Karimov hatte bereits genug davon.

Für jemanden wie ihn. Für jemanden mit seinen Qualifikationen. Mit seinem Know-How sollte es nicht lange dauern einen neuen Arbeitsplatz zu finden. Schon bald würde er einen neuen Job antreten und sich auf die dortige Karriere konzentrieren.

Es war alles halb so schlimm gewesen.

Und seine geliebte Ehefrau würde dem auch ganz bestimmt mit Verständnis entgegenkommen. Denn das hatte sie immer getan. Sie hatte ihren Ehemann und den Vater ihrer zwei Kinder immer unterstützt. Auch ihr war bereits seit Längerem bekannt gewesen, dass das Unternehmen in dem ihr Gatte noch bis vor

113

Kurzem tätig gewesen war, kein anständiges Unternehmen gewesen war, in dem es immer mit rechten Dingen zuging. Adnan hatte ihr fast täglich die Vorkommnisse, die er persönlich miterleben musste, erwähnt und oft nur schlecht über das Management und die Geschäftsführung gesprochen.

Ganz klar. Sie würde ihn auf jeden Fall verstehen.

Adnan war so sehr in Gedanken versunken gewesen, dass er beinahe bei Rot über die Ampel gefahren war und dabei einen Fußgänger, der als einziger die Straße überquerte, überfahren hätte. Sofort stieg er mit beiden Füßen auf die Bremse und konnte sein Fahrzeug noch rechtzeitig zum Stehen bringen. Er hatte Glück im Unglück gehabt. Der Fußgänger, dürfte ein Student gewesen sein, hatte Adnan direkt in die Augen geblickt während er ihm einige Schimpfwörter zugerufen hatte, bevor er kopfschüttelnd weitergegangen war. Adnan hingegen war fassungslos gewesen und musste erst einmal das Schrecken, das ihm in diesem Moment widerfahren war, wieder abschütteln.

Das hätte ihm noch gefehlt. Ein Aufprall mit einem Fußgänger kurz nach seiner Kündigung. Das wäre dann wohl die absolute Krönung des Tages gewesen, dachte er sich im Wissen, dass der Tag gerade erst angefangen hatte.

Doch zumindest hatte ihm dieses Ereignis gezeigt, dass er sich am besten von den negativen Gedanken befreien und einfach mit seinem Leben weitermachen sollte.

Wie er bereits zuvor erkannt hatte, war das Unternehmen und alles was sich darin abgespielt hatte nicht mehr sein Problem gewesen. Er musste damit abschließen und sich auf seine Zukunft konzentrieren. Was vergangen war, war nunmal vergangen. Es machte absolut keinen Sinn, weiter über das Vergangene nachzudenken. Abschließen und weitermachen. Das war die richtige Formel gewesen.

Nachdem die Ampel wieder auf Grün geschalten hatte, fuhr

Adnan mit einem viel langsamerem Tempo und einem klaren Gedanken vorsichtig weiter und kam schließlich unversehrt zu Hause an.

Als er seine Wohnung betreten, seine geliebte Ehefrau und seine beiden Dreijährigen Zwillingstöchter gesehen hatte, verspürte er eine Zufriedenheit, die er noch niemals zuvor gespürt hatte. Er umarmte seine Ehefrau und drückte seinen beiden Töchtern jeweils einen leichten Kuss auf deren Stirn und war froh darüber gewesen bei ihnen sein zu können.

Kein Gefühl der Welt hätte so magisch sein können.

Die plötzliche Kündigung von Adnan hatte Rami schwer getroffen. Er tat zwar seine Arbeit, aber seine Gedanken waren die ganze Zeit über mit Adnan's Kündigung beschäftigt gewesen. Und genau wie er es auch nicht anders erwartet hatte, hatte er sämtliche Pakete spät an die jeweiligen Kundinnen und Kunden ausgeliefert.

Darunter waren auch einige Geschäfte, denen er die Pakete nicht zustellen konnte, weil er es einfach nicht rechtzeitig zu den Öffnungszeiten geschafft hatte.

All diese Pakete musste er, sobald er mit seiner Tour fertig gewesen war, zurück in das Lager bringen damit sie am nächsten Tag erneut zugestellt werden können.

So etwas hatte Rami noch kein einziges Mal gehabt. Seit dem ersten Tag an, war er immer pünktlich und zuverlässig gewesen. Doch nun hatte auch er einige „Minuspunkte" gesammelt, die er in Zukunft vermeiden wollte.

Viel hatte er nicht mehr zum Zustellen gehabt. Noch drei Pakete an jeweils drei verschiedene Kunden, die allesamt quer durch Wien verteilt gewesen waren. Danach musste er nur noch die übrig gebliebenen sowie beschädigten, aber auch stornierten Pakete zurück ins Lager bringen und anschließend

Feierabend machen.

Und sobald er Zuhause angekommen war, wollte er als erstes seinen Freund und ehemaligen Kollegen Adnan anrufen.

Rami hatte es sehr traurig gefunden, dass ausgerechnet Adnan gehen musste, wo er doch immer ein zuverlässiger, organisierter, selbstdenkender und überaus freundlicher Kollege gewesen war. Doch dann musste Rami daran denken, dass es im Leben immer genau diese Art von Menschen erwischen würde. Je gutmütiger man gewesen war, umso mehr wurde man von der Gesellschaft ausgenutzt. Je gerechter man gekämpft hatte, umso mehr hatte man verloren. Je korrekter ein Mensch gewesen war, umso mehr musste er leiden. So war es nun einmal. So hatte es in Wirklichkeit ausgesehen. Diese Welt war nur für die boshaften und ungerechten ein guter Ort zum Leben gewesen. Für alle anderen konnte es durchaus die Hölle sein.

Doch Rami war auch klar gewesen, dass nicht Adnan derjenige gewesen war, der verloren hatte, sondern das Unternehmen.

Denn sie haben aufgrund ihrer schlechten Geschäftsführung einen außerordentlich guten Mitarbeiter verloren. Und er war sich sicher gewesen, dass sie noch viele weitere verlieren würden, wenn sie nicht schon bald etwas dagegen unternehmen würden.

Daher freute sich Rami einerseits für Adnan, doch andererseits war er eben auch traurig gewesen.

Er konnte nur für ihn hoffen, dass Adnan schon bald wieder einen guten Job findet, sodass er weiterhin verantwortungsvoll seine geliebte Familie unterstützen kann.

Selbstverständlich würde Rami ihm zu jeder Zeit zur Verfügung stehen und ihm seine Hilfe bezüglich allen möglichen Themen anbieten, solange Adnan auf der Jobsuche sein sollte.

So etwas war niemals Thema zwischen den beiden sehr engen Freunden gewesen. Gute Freundschaften waren vor allem für

Situationen wie diesem gedacht gewesen. Dass man sich stets aufeinander verlassen und sich gegenseitig vertrauen konnte. Dass man sich auch gewisse Geheimnisse anvertrauen konnte. Dass man jemanden zum Reden hatte, wenn etwas einen sehr bedrückt hatte.

Gute Freundschaften waren zum Teilen und Erleben von guten Tagen sowie zum Unterstützen und Helfen an schlechten Tagen gewesen.

Und Rami würde ganz gewiss seinen Freund Adnan unterstützen, solange es nötig sein sollte.

Inzwischen hatte er nur noch ein Paket gehabt. Das letzte Paket seiner Tour musste noch zugestellt werden und dann konnte er ein wenig durchatmen.

Für eine schnelle Lieferung hatte er das eher mittelgroße, aber leichte Paket, auf den Beifahrersitz abgestellt.

Er fuhr mit der Geschwindigkeit, die für das Ortsgebiet in dem er sich befunden hatte, gesetzlich vorgeschrieben gewesen war und suchte mit offenen Augen nach der Hausnummer seines letzten Kunden.

Je mehr er sich der Hausnummer näherte, umso langsamer wurde das Fahrzeug bis er schließlich den Lieferwagen direkt vor der richtigen Haustür abgestellt hatte.

Er schnappte sich das Paket und betrat das Stiegenhaus. Es war zwar ein Aufzug vorhanden gewesen, aber Rami bevorzugte es die Stufen zu nehmen. Er hatte weder die Lust noch die Zeit für vier Stockwerke auf den Aufzug zu warten. Schon gar nicht wegen eines einzigen und handlichen Paketes.

Als er oben angekommen und an der Tür des Kunden geklingelt hatte, hatte ein kleiner Junge, der etwa so alt gewesen war wie seine jüngste Tochter Defne, die Tür aufgemacht.

Freundlich hatte er den Jungen gebeten einen seiner Eltern zu rufen, damit sie das Paket entgegennehmen konnten. Denn ei-

117

nem Kind wollte er kein Paket zustellen.

Doch anstatt, dass der Junge jemanden holte, starrte er Rami einfach nur an. Seine Blicke waren leer und kalt gewesen. Genau wie bei Defne's beste Freundin Tamara.

Rami verlor langsam die Geduld und bat den Jungen erneut, um seine Eltern. Doch wieder stand der Junge regungslos da und starrte ihn weiter an.

Rami dachte zuerst, dass der Junge ihn vielleicht nicht verstehen würde. Vielleicht war der Junge sogar taubstumm gewesen. Jedenfalls musste sich Rami beeilen und hatte durch den kleinen Türspalt hinter dem Jungen in die Wohnung hineingerufen, um so einen Erwachsenen an die Tür zu locken.

Nach nur wenigen Sekunden konnte er schon eine weibliche Stimme zurückrufen hören, die ihn in diesem Moment sehr erleichtert hatte. >>*Ja, ich bin gleich bei Ihnen!*<<

Das letzte Wort war noch nicht in Rami's Ohren abgeklungen, da stand auch schon die Mutter des kleinen und seltsamen Jungen, der Rami, wenn er ganz ehrlich gewesen war, sehr unheimlich gewesen war.

Sie hatte das Paket direkt von Rami's Händen dankend abgenommen, ihren Sohn an seinem Kragen in die Wohnung gezerrt und lächelnd die Tür vor seiner Nase zugemacht.

Rami stand verwundert noch einen kleinen Moment vor der Tür und dachte sich innerlich, wie verrückt und seltsam doch manche Menschen sein konnten.

Genau in diesem Moment hatte sein Handy geläutet. Ein Anruf von seiner Frau war eingegangen. Er hob mit den Worten >>*Alo?*<< ab. Das war quasi das türkische „Hallo?", das man sagte, wenn man einen Anruf entgegengenommen hatte.

Seine Frau hatte sehr besorgt geklungen. Er konnte Angst und Sorge in ihrer zittrigen Stimme hören.

>>*Derya, bitte beruhige dich! Was ist denn los?*<< wollte er in

118

einer ruhigen Verfassung von ihr erfahren.

Doch Derya konnte sich einfach nicht beruhigen, so sehr sie es auch versucht hatte.

Sie war bereits vor einigen Stunden zu Hause angekommen und hatte festgestellt, dass Defne immer noch nicht nach Hause gekommen war, obwohl sie längst hätte kommen müssen.

Auch ihr Sohn Demiray, der am Sofa gelegen und Fern gesehen hatte, hatte ihr berichtet, dass sie gar nicht Zuhause aufgetaucht war seitdem ihre Mutter sie zur Schule gebracht hatte und, dass er keine Ahnung hätte wo sie sich aufhalten könnte.

Da hatte Derya angefangen sich bereits richtige Sorgen um ihr jüngstes Kind zu machen. Sie dachte sich zunächst, dass sie bestimmt zu ihrer besten Freundin Tamara gegangen sei, nachdem sie Schulschluss hatte. Sofort hatte sie die Mutter von Tamara angerufen, um nachzufragen, ob Defne sich bei ihnen befinden würde. Doch sie war erschüttert gewesen, als sie ein erfahren hatte, dass Defne an diesem Tag überhaupt nicht dort gewesen war.

Und es war auch gar nicht Defne's Art gewesen sich unerlaubt irgendwo aufzutreiben beziehungsweise ohne vorher Bescheid gegeben zu haben, wo sie hingehen wollte.

Derya hatte auch in der Schule angerufen, doch auch dort wüsste niemand, wo sie sich befinden würde. Sofort hatte die Schuldirektion sowie auch Derya die Polizei alarmiert und Defne als vermisst gemeldet.

Derya wusste, dass etwas nicht stimmen würde und war in Tränen ausgebrochen. Demet, die inzwischen auch wieder von der Schule nach Hause gekommen war, versuchte ihre Mutter zu beruhigen.

Nachdem Rami die schreckliche Nachricht erhalten hatte, rannte er sofort zu seinem Fahrzeug, stieg ein und fuhr direkt nach Hause zu seiner Familie. Unterwegs hatte er per Freisprechanlage einen anderen Disponenten vom Unternehmen angerufen und ihn von dem Vorfall in Kenntnis gesetzt und gemeldet, dass er all die übrig gebliebenen Pakete erst später vorbei bringen und, dass seine Tochter höchste Priorität haben würde. Selbstverständlich hatte man vollstes Verständnis für diesen unglücklichen Vorfall, der ihm und seiner Familie widerfahren war. Der Disponent hatte ihm sogar gesagt, dass er sich ruhig die nächsten Tage frei nehmen darf, sofern er es für nötig erachten sollte. Rami fand das sehr großzügig von dem Disponenten, bedankte sich dafür und versprach sich diesbezüglich noch zu melden, bevor er aufgelegt hatte.

Rami gab ordentlich Gas ohne Rücksicht auf eine Anzeige oder auf sonstige Verkehrsteilnehmer zu nehmen.

In diesem Moment war für ihn nur eines wichtig gewesen.

Seine jüngste Tochter Defne Mutlu, die nun als vermisst gemeldet worden war.

KAPITEL 7

DIE MASKE IST GEFALLEN

Ihre Augen waren rot angeschwollen, weil sie sich die Seele
aus dem Leib geweint hatte.
Immer noch hatte die kleine Defne ganz große Angst gehabt.
Immer noch pochte ihr Herz in ihrem Brustkorb, sodass sie es
bis zu ihrem Halsschlagader spüren konnte.
Sie befand sich in einem der vielen Räume, die in den unteren
Etagen der ROYAL SCHOOL OF VIENNA eingerichtet worden war. Der Raum machte vielmehr den Eindruck von einer
kleinen Halle beziehungsweise einem kleinen Saal. Er war
leicht abgedunkelt und kühl, sodass sich auch das feinste Haar
an ihrem Körper aufgestellt hatte.
Der Raum machte für sie einen noch unheimlicheren Eindruck
als der Raum, von dem sie einen kurzen Blick erhaschen konnte, als Herr Welsch sie hinter sich hergezogen hatte. Dort waren nämlich viele ihr unbekannte Dinge und Maschinen aufgefallen, die ihre Angst nur noch verstärkt hatten. Sie hatten sie
an die zahlreichen Science-Fiction Filme über Außerirdische
erinnert, die ihr Bruder Demiray so gern gesehen hatte.
Vor allem, weil Defne große mit Wasser befüllte und zylinder-
förmige Behälter gesehen hatte, in denen sich jeweils ein, von
der Form her, ein bohnenähnliches Etwas darin befunden hatte.
Die Schläuche, die an diese seltsamen Behälter angeschlossen
waren, waren in Betrieb gewesen. Das langsame Pumpen, das
sie erzeugten, hatte bei ihr den Eindruck erweckt, als ob die
Geräte atmen würden.
Sie hatte sich selbst in ihrem Kopf die Frage gestellt, was in
diesem Raum wohl vor sich gehen würde. Und wozu waren all
diese Maschinen und Geräte, die sich darin befunden hatten,

gedacht gewesen? Konnten sie vielleicht mit dem seltsamen Verhalten ihrer besten Freundin Tamara und auch all den anderen Schülerinnen und Schülern dieser Schule in Verbindung stehen?

Defne wusste es nicht.

Sie hatte in dem Moment auch viel zu sehr Angst gehabt, um sich noch länger damit beschäftigen zu können. Sie hatte ihre eigenen Sorgen.

Herr Welsch war wieder fort gegangen ohne ihr etwas gesagt zu haben, nachdem er sie mitten in der kleinen Halle auf ein Holzstuhl festgebunden hatte. Kein gewöhnliches Seil war es, das sie an dem Stuhl festgehalten hatte, sondern speziell angefertigte Lederriemen und Metallschnallen hielten sie davon ab, zu entkommen.

Ihre Kleidung hatte sie noch komplett an. Jedoch hatte sie keine Ahnung davon gehabt, wo Herr Welsch ihre Schultasche abgestellt hatte.

Ihren Mund hatte er ihr nicht festgebunden, weswegen sie mehrmals um Hilfe geschrien, es jedoch irgendwann aufgegeben hatte, weil ihr niemand zur Hilfe geeilt war.

Sie verspürte eine Angst, die sie noch nie zuvor verspürt hatte. Selbst wenn es möglich gewesen wäre, all die Angst zu sammeln, die sie bis dahin in ihrem gesamten Leben gehabt hatte, würde sie annähernd nicht so groß sein, wie Defne's Angst, die ihren gesamten Körper in diesem Moment durchzogen hatte.

Es war eine komplett neue Erfahrung für sie gewesen. Sie hatte eine neue Art des Angstgefühls kennengelernt, das ihrer Meinung nach weiter im Verborgenen hätte bleiben können.

So war sie da gesessen und hatte darauf gewartet was wohl nun als nächstes geschehen würde.

Sie blickte sich ein wenig in der Halle um. So sehr wie es ihr nur möglich gewesen war. Denn festgebunden an einem Stuhl, hatte sie keine allzu große Bewegungsfreiheit gehabt.

Viel war nicht zu sehen gewesen. Der Raum war bis auf einige lodernde schwarze Kerzen, die in der Halle verteilt gewesen waren, leer gewesen. Nicht einmal Fenster waren vorhanden gewesen.

Lediglich eine recht große Tafel aus Gold, die beinahe so groß wie sie selbst gewesen war, war an die dunkle Wand direkt vor ihr montiert gewesen.

Auf der Tafel waren irgendwelche Symbole eingraviert gewesen, die ihr vollkommen fremd gewesen waren. Derartiges hatte sie noch niemals zuvor gesehen. Möglicherweise irgendwelche Logos dachte sie sich, konnte sie jedoch zu nichts zuordnen.

Bei genauerem Hinblick konnte Defne erkennen, dass eines dieser Symbole ein Dreieck gewesen war in dessen Mitte sich ein menschliches Auge befand. Direkt neben diesem Symbol war ein weiteres vorhanden. Auf dem ersten Blick hatte es wie ein großgeschriebenes A ausgesehen, doch bei genauerem Hinblick konnte Defne erkennen, dass es nicht der erste Buchstabe des Alphabets gewesen war, sondern völlig etwas anderes.

Da war nämlich ein Zirkel, so wie sie es aus der Schule kannte, eingraviert gewesen und etwas unterhalb, aber hinter dem Zirkel stehend, war ein umgedrehtes Winkelmaß eingraviert gewesen. Defne dachte sich, dass dieses zweite Symbol eventuell ein Schullogo oder so etwas ähnliches sein musste, aber sicher war sie sich nicht gewesen. Und wofür stand bloß das „G", das genau in die Mitte dieser beiden Gegenstände eingraviert worden war?

Und direkt unter diesen beiden seltsamen und fremden Symbolen war eine Schrift eingraviert gewesen, die sie mit halbgekniffenen Augen zu lesen versuchte.

Auf der Tafel war folgendes eingraviert,

„Die Kabbalah ist eine uralte Weisheit, die uns lehrt, Glück und Erfüllung zu finden. Diese einzigartige Tradition wird deine Sicht auf die Welt komplett verändern."

Und direkt unter diesem Text war noch ein letzter Satz eingraviert gewesen,

„Es gibt immer jemanden, der genau das sucht, was du geben kannst."

Was sollte das alles nur bedeuten? Wer oder was waren die Kabbalah? Wo war sie hier gelandet? Und wie lange war sie schon an diesem Stuhl gefesselt gewesen? Wo war nur ihre Familie in diesem Moment?
All diese Fragen und viele mehr kursierten immer wieder in ihrem Kopf herum.
Defne hatte jegliches Zeitgefühl verloren und hatte auch keine Ahnung darüber, ob es draußen noch Tag gewesen war oder nicht.
Und während sie weiterhin versuchte sich vergebens von den Riemen und dem Stuhl zu befreien, hörte sie hinter der verschlossenen Tür der Halle mehrere Schritte, die immer lauter wurden je näher sie gekommen waren.
Da fing ihr Herz wieder wie verrückt zu klopfen an während sie auf der Stelle erstarrt gewesen war. Gebangt wartete sie darauf bis die Personen, die offensichtlich auf dem Weg zu ihr gewesen waren, durch die Tür hineinkommen.
Die Schritte wurden immer lauter. Vielleicht kamen sie ihr aber auch, aufgrund ihrer panischen Ängste, nur so laut vor. Das konnte sie in diesem Moment nicht unterscheiden. Fest stand für sie jedoch, dass mit den lauter werdenden Schritten, ihr

Herz umso schneller geschlagen hatte. Es brummte so richtig in ihr drinnen. Nach einer Weile hatte sie auch begonnen laut ein- und auszuatmen. Doch das hatte sie vor lauter Aufregung nicht mitbekommen.

Sie drückte ihren Oberkörper fest an die Stuhllehne während sich ihre Brust, die sich beinahe eigenständig auf- und abbewegte, nicht mehr beruhigen ließ.

Plötzlich wurde es ihr wärmer und die Kälte der Halle, die sie bis dahin wahrgenommen hatte, schien sich plötzlich wieder aufgelöst zu haben.

Und die Schritte kamen immer näher und näher und sie wurden immer lauter und lauter. Die Schritte fühlten sich schon mittlerweile so nah an, als ob sie direkt vor ihr spazieren würden. Beinahe so, als würden Geister um sie herumspazieren.

Doch dann, ganz plötzlich, hörte Defne nichts mehr. Die Schritte hatten aufgehört. Es war wieder ganz leise geworden.

Alles was sie in diesem Moment noch hören konnte, waren ihre arrhythmische Atmung und ihr rasant klopfendes Herz gewesen.

Sie starrte direkt auf die Tür drauf und konnte ihre Blicke davon nicht abwenden.

Denn sie rechnete damit, dass jeden Moment die Tür aufgehen und jemand hereinspazieren würde.

Und ihre Annahme ließ nicht länger auf sich warten.

Sie konnte beobachten wie sich der Türgriff langsam nach unten bewegte. Ihre Augen hatten sie dabei ganz weit aufgerissen und sie blinzelte kein einziges Mal.

Sie packte mit all ihrer Kraft die beiden Armlehnen des Holzstuhls so fest zu, sodass sich beinahe ihre Fingernägel darin gebohrt hätten.

Die Tür ging einen kleinen Spalt auf und es drang ein wenig Licht von außen in die dunkle Halle hinein.

Gespannt wartete sie darauf, wer sich wohl hinter der Tür befinden würde. Konnte es vielleicht der Schulwart, Herr Welsch, gewesen sein? Sie wusste es nicht, aber sie würde es in den nächsten Sekunden schon erfahren.

Die Tür war nun deutlich mehr aufgegangen, sodass das bei dem grellen Außenlicht ihre Pupillen sich sofort verkleinert hatten. Es hatte beinahe auf sie so gewirkt, als ob sie direkt in die Sonne sehen würde.

Doch es war nicht die Sonne gewesen, die vor ihr aufgegangen war. Noch nicht einmal annähernd.

Eine Frau und ein Mann standen direkt vor ihr und starrten sie mit abwertenden Blicken an. Jedenfalls sahen die zwei dunklen Gestalten bei dem vielen Licht, das hinter ihnen leuchtete nach einer Frau und nach einem Mann aus. So viel hatte sie erkennen können.

Als die männliche Gestalt dann die Tür hinter sich zugemacht hatte, waren es ganz sicher eine Frau und ein Mann gewesen.

Sie konnte die beiden Personen nun eindeutig identifizieren.

Bei dem Mann hatte es sich um den Schulwart Herr Welsch gehandelt. Und die Frau, die direkt neben ihm gestanden war, war die Schuldirektorin Mag. Andrea Janssen gewesen.

>>*Was soll das hier? Bitte lassen Sie mich wieder gehen, bitte!*<< Hatte Defne die beiden Personen angefleht. Doch sie hatten ihre Bitte ignoriert und waren langsam und schweigend auf sie zugegangen.

Jetzt standen sie direkt vor ihr und blickten von oben auf sie herab. Mag. Andrea Janssen hatte teuflische Blicke sowie ein teuflisches Lächeln auf ihrem Gesicht und Herr Welsch starrte Defne wieder mit seinen typischen furchteinflößenden Blicken an.

>>*Bitte! Lassen Sie mich gehen!*<< Hatte Defne sich wiederholt. Doch anstatt die erhoffte Antwort, hatte Mag. Andrea

Janssen ihr folgendes gesagt >>*Du bist doch gerade eben angekommen. Und du wirst nirgendwohin mehr gehen.*<< Ihre Stimme hatte dabei siegesreich, erregt aber zugleich auch einschüchternd geklungen.

Währenddessen war Rami bereits Zuhause angekommen und befand sich bei dem Rest seiner Familie.
Noch immer hatten sie keine Ahnung über den Verbleib ihrer jüngsten Tochter gehabt.
Auch die Polizei hatte keinerlei Spuren aufdecken können, aber sie arbeitete weiterhin fleißig an dem Fall dran.
Nachdem ihre Nachbarin Selma ebenfalls von dieser schrecklichen Nachricht gehört hatte, wollte sie die Familie Mutlu nicht alleine lassen und versuchte sie zumindest mental ein wenig zu stärken und ihnen Kraft zu geben.
Weil weder Derya noch Demet aufgrund des unglücklichen Vorfalles nicht in der Lage gewesen waren zu kochen, hatte Selma für sie gekocht sowie auch Schwarztee zubereitet.
Niemand in der Familie hatte jedoch Lust oder Appetit etwas zu sich zu nehmen, doch Selma drängte sie dazu wenigstens ein wenig zu essen, um bei Kräften bleiben zu können. Sie versuchte sie zu trösten und ihnen Mut zu machen, so sehr sie es konnte.
Doch es war ein sehr tragischer Tag für die Familie gewesen.
Ihr jüngstes Familienmitglied war nach wie vor vermisst gewesen und niemand wusste irgendetwas wie ihr momentaner Gesundheitszustand gewesen war.
Und solange das alles nicht aufgeklärt worden beziehungsweise Defne nicht wieder gesund und munter aufgetaucht ist, konnte keiner von ihnen ans Essen denken.
Wenn doch nur jemand gesehen oder gehört hätte, wo sie nach der Schule hinwollte, dann wüssten sie zumindest wo sie mit

ihrer Suche anfangen sollten. In ihrem Fall jedoch, wo sie gar nichts hatten, schienen sie verloren zu sein. Doch Derya war dennoch zuversichtlich gewesen, dass sie ihre Tochter noch an diesem Tag finden und ganz fest in die Arme schließen würde. Sie versuchte trotz allem optimistisch und hoffnungsvoll zu bleiben.

Das musste sie sein.

Etwas anderes kam für sie als Mutter nicht in Frage. Sie musste auf das Beste hoffen. Sie musste stark bleiben.

Dennoch war ihr und dem Rest der Familie nichts anderes übrig geblieben als zu warten und auf eine positive Nachricht zu hoffen. Das war ganz und gar nicht einfach für sie alle gewesen, einfach mit gebundenen Händen zu Hause zu sitzen und abzuwarten. Doch daran war nunmal nichts zu ändern gewesen. Sie waren alle gemeinsam in dieser Zeit durch die Hölle gegangen und die Zeit schien dabei stehengeblieben zu sein.

Und genau wie ihre gesamte Familie war Defne in diesem Moment ebenfalls durch die Hölle gegangen.

Und die Hölle in der sie sich befunden hatte, hatte gleich zwei Teufeln gehabt.

Zwei Teufel, die ihr furchtbare Ängste beschert hatten.

Vor allem dann, als die Schuldirektorin Mag. Andrea Janssen Defne über ihren bösartigen Plan eingeweiht hatte.

Sie klang dabei vollkommen selbstsicher und sprach so, als würde sie über etwas völlig normales und harmloses reden, während sie von ihrem Vorhaben, dass Defne in nichts als Angst und Schrecken versetzt hatte, erzählt hatte. Folgendes hatte die Schuldirektorin der ROYAL SCHOOL OF VIENNA Mag. Andrea Janssen ihrem jungen Opfer gegenüber offenbart.

>>*Als Raimund mir erzählt hatte, dass er ein kleines Mädchen gefunden und hier her verschleppt hatte, da konnte ich meine*

128

Freude gar nicht erst fassen. Verstehe mich bitte nicht falsch!
Ich, Raimund hier und das restliche Schulpersonal der Royal
School of Vienna, sind dankbar für jedes Kind, aber für so
Ausreißer wie dich, sind wir umso dankbarer.<<
Defne hatte absolut keine Ahnung davon, wovon diese allem
Anschein nach, verrückte und durchgeknallte Frau gesprochen
hatte, aber ihr blieb nichts anderes übrig als ihrem Geschwätz
weiterhin zuzuhören. *>>Denn es ist so, dass wir uns für das*
Verschwinden von all den Schülerinnen und Schülern, die bei
uns zur Schule gehen, bei den Eltern nicht rechtfertigen kön-
nen, weshalb wir qualitative Kopien von ihnen erstellen, wäh-
rend wir uns an den Originalen gütlich tun. Aber bei Ausrei-
ßern wie dir, können wir uns diese Mühe und Arbeit ersparen,
weil ihr einfach als vermisst gemeldet werdet und niemand
weiß, wo ihr euch aufhaltet.<< Defne hatte immer noch keine
Ahnung, wovon sie gesprochen hatte und ihre Verwirrtheit
spiegelte sich auf ihrem Gesicht wieder, sodass Mag. Andrea
Janssen sie näher darüber aufgeklärt hatte, wovon sie eigentlich
gesprochen hatte. *>>Ich werde dir die Sache etwas näher erör-*
tern. Sämtliche Schülerinnen und Schüler, die bei uns zur
Schule gehen, wurden von uns, direkt hier an der Royal School
of Vienna durch identische Klone ersetzt.<< Jetzt hatte es bei
Defne einen gewaltigen „Klick" gemacht. Nun war ihr das Verhalten ihrer besten Freundin Tamara, aber auch von den anderen Kindern, klar gewesen und es machte auf einmal alles einen Sinn. Das waren gar keine echten Menschen gewesen,
dachte sie sich. Das waren also alles nur Klone gewesen. Und
nachdem ihr klar geworden war, dass auch Tamara ein Klon
gewesen war, war sie am Boden zerstört gewesen. Sie hatte sogar ihre eigene missliche Lage für einen Moment vergessen
und war in Tränen ausgebrochen. Denn sie hatte soeben erfahren, dass sie ihrer besten Freundin gar nicht mehr helfen konn-

te, wie sie es ihr auch versprochen hatte. Und das war ja nicht einmal mehr ihre Freundin gewesen, sondern nur eine Kopie von ihr. Es war nur ein Klon, erzeugt von ein paar böswilligen und vollkommen durchgeknallten Menschen gewesen. Wie konnte das alles nur möglich sein? Fragte sie sich. Das ganze war ein reiner Albtraum gewesen.

Unter fließenden Tränen wollte Defne wissen, was mit Tamara und all den anderen Kindern passiert ist, woraufhin Mag. Andrea Janssen wie folgt geantwortet hatte >>*Nun, meine Kleine! Es ist so, dass ihr Kinder etwas ganz besonderes in euch trägt. Etwas besonderes, dass uns Erwachsene länger am Leben hält und uns zugleich auch viel Kraft und Energie gibt.*<< An dieser Stelle war Defne der Satz an der goldenen Tafel wieder eingefallen. Sie blickte erneut drauf und hatte ihn Wort für Wort in ihrem Gedächtnis abgespeichert gehabt,

„Es gibt immer jemanden, der genau das sucht, was du geben kannst."

Mag. Andrea Janssen erzählte weiter. >>*Es nennt sich Adrenochrom und es ist das Elixier der ewigen Jugend.*<< Defne hatte noch nie zuvor diesen Begriff gehört. Sie konnte ihn nicht einmal in ihrem Kopf aussprechen. Doch egal was es auch gewesen war, es muss tatsächlich etwas wertvolles gewesen sein, wenn all diese bösartigen Leute selbst nicht davor zurückschrecken etwas so grauenhaftes zu machen wie Klone von Kindern zu erstellen.

Mag. Andrea Janssen erzählte weiter und beantwortete schließlich Defne's Frage. >>*Und nun zu deiner Frage. All die Kinder, die uns ihr Adrenochrom unfreiwillig, aber so großzügig, spenden, werden schwach und sterben nach kurzer Zeit. Und um ihre Leichen zu entsorgen verbrennen wir sie.*<< Zu erfahren, dass ihre beste Freundin gestorben war und noch dazu auf eine solche grausame Art und Weise hatte ihre gesamte Welt erschüttert. Sie konnte sich vor Weinen nicht mehr einkriegen und war beinahe in Ohnmacht gefallen. Und sie wäre auch am liebsten in Ohnmacht gefallen, aber so wie es ausgesehen hatte, musste sie sich weiterhin all das Böse anhören, das ihr Mag. Andrea Janssen verraten hatte. *>>Doch keine Sorge mein liebes Kind! Mit dir haben wir etwas gänzlich anderes vor.<<* Hatte sie Defne versprochen, die bereits vollkommen benommen gewesen war und nur teilweise mitbekommen hatte, was ihr gesagt wurde.

>>Es gibt da ein neues Projekt, das ich vor Kurzem ins Leben gerufen habe. Ich nenne das Projekt VRIL. Den Namen habe ich mir ausgedacht und er soll für Lebensenergie stehen.<< Ein weiteres Wort, das Defne nicht gekannt hatte.

>>Und du...<< fuhr Mag. Andrea Janssen fort *>>...hast die Ehre, das erste Versuchsobjekt dafür zu sein.<<* Ein boshaftes und provokantes Lachen hatte sie von sich ausgestoßen, während Herr Welsch ebenso teuflisch und hinterhältig grinste.

>>Und wir werden gleich morgen am Abend damit anfangen.<< Hatte Mag. Andrea Janssen der kleinen Defne versichert, bevor sie und Herr Welsch die dunkle und kalte Halle wieder verlassen hatten.

Defne war nur noch mehr mit Angst erfüllt gewesen und sie war einfach nicht in der Lage gewesen ihre Tränen zu stoppen. Sie weinte und schluchzte noch knapp eine Stunde lang, bevor sie davon zu müde und erschöpft geworden war und sich schlussendlich in den Schlaf geweint hatte.

Sie war eingeschlafen in dem Wissen jegliche Hoffnung auf eine Rettung verloren zu haben. Und wenn sie ehrlich mit sich selbst gewesen war, war es vielmehr ein Aufgeben als ein Verlust.

Das letzte Wort, dass flüsternd über ihre Lippen gekommen

war, bevor sie sich in den Schlaf zurückgezogen hatte, war „Mutter" gewesen.

In dem genau selben Augenblick konnte Derya etwas in ihrem Herzen spüren. Etwas, dass sich nur sehr schwer erklären ließ. Sie konnte es zwar nicht wirklich beschreiben, aber es hatte ihr deutlich zu verstehen gegeben, dass ihre jüngste Tochter noch am Leben gewesen war.
Ihre Familie sowie auch ihre Nachbarin Selma, hatten es ihr zwar nicht sagen wollen, aber sie alle dachten in diesem Moment an dasselbe. Nämlich, dass Derya langsam dabei gewesen war verrückt zu werden, weil Defne immer noch nicht aufgetaucht gewesen war.
Aber Derya hatte ihnen allen erklärt, dass sie nicht verrückt gewesen war. Sie hatte ihnen allen auch erklärt, dass das eine bestimmte und magische Mutter-Kind-Verbindung gewesen war. Es war ihr bewusst gewesen, dass sie das gar nicht verstehen konnten, aber das hatte sie auch von ihnen nicht erwartet.
Das was sie da gespürt hatte, was an ihrem Herzen, an ihrer Seele gerüttelt hatte, war ein deutliches Zeichen dafür gewesen, dass Defne wohlauf gewesen war. Sie war sich sicher gewesen, dass es Defne selbst gewesen war, die dieses unbeschreibliche Gefühl in ihr verursacht hatte.
Sie hatte ihre Augen geschlossen, ihren Kopf zu ihrer Brust geneigt, ihre Hände ineinander verschränkt und folgendes zu sich selbst geflüstert, das jedoch deutlich an ihre Tochter gerichtet gewesen war >>*Defne.*<<

Mittlerweile war es sehr spät geworden. Defne saß immer noch gefesselt an dem Holzstuhl und war tief und fest eingeschlafen. Doch sie war wieder dabei gewesen langsam aufzuwachen. Sie wachte auch, weil sie eine ihr sehr bekannte und vertraute

Stimme gehört hatte. Eine vertraute Stimme, die immer und immer wieder nach ihr gerufen und ihren Namen wiederholt hatte.

>>*Defne ... Defne ... Defne*<< rief die Stimme immer und immer wieder.

Langsam hatte Defne ihre Augen aufgemacht und war wieder zu sich gekommen. Sie hatte einige Male wiederholt geblinzelt, um ihre Augen an die mittlerweile sehr dunkle Halle zu gewöhnen während sie sich gleichzeitig umgeblickt hatte.

Je mehr sie zu sich gekommen war, umso lauter konnte sie die vertraute Stimme wahrnehmen, die nach ihr gerufen hatte.

>>*Defne ... Defne ... Defne*<< hatte die Stimme gerufen, die Defne sehr gut gekannt hatte, obwohl sie sehr hohl geklungen hatte. Beinahe so, als würde die Stimme durch ein Rohr zu ihr sprechen.

Es war für Defne eindeutig gewesen. Die Stimme gehörte zu ihrer besten Freundin Tamara.

>>*Hallo! ... Ist da jemand? ... Tamara, bist du das?*<< hatte Defne angefangen mit der Stimme zu kommunizieren. Sie blickte sich weiterhin um, so gut sie es in ihrem gefesselten Zustand gekonnt hatte, konnte jedoch niemanden sehen.

Sie hatte nur die Stimme wieder gehört, die zu ihr mit >>*Ja, Defne. Ich bin es.*<< geantwortet hatte.

Noch vom Schlaf benommen und von Hunger geplagt hatte Defne kaum die Kraft zu sprechen gehabt, aber sie bemühte sich sehr. >>*Wo bist du Tamara? Ich kann dich nicht sehen. Es ist so dunkel hier.*<<

>>*Ich bin hier Defne. Ich stehe direkt vor dir.*<< Hatte Tamara ihr geantwortet. Defne starrte direkt nach vorne, um Tamara sehen zu können, aber da stand niemand vor ihr.

>>*Wo, Tamara?, wo genau stehst du?*<< wollte sie wissen.

Plötzlich wurde es in der dunklen Halle ganz wenig heller, so als hätte jemand eine weitere Kerze angezündet. Defne wartete ganz gespannt darauf, was nun daraus folgen würde. Und lange hatte es nicht gedauert und schon konnte sie ihre beste Freundin Tamara, vollkommen unversehrt und kerngesund, vor ihr stehen sehen. Sie hatte genauso hübsch ausgesehen, wie sie es schon immer getan hatte.

Sie war direkt vor Defne gestanden und sah sie lächelnd und liebevoll an.

Defne wurde plötzlich ganz munter und ihre Müdigkeit war wie davon geflogen. Sie war sehr froh und erleichtert darüber zu sehen, dass es ihrer besten Freundin Tamara gut ging und, dass sie noch am Leben gewesen war.

>>*Tamara, da bist du ja. Ich dachte, diese Menschen hätten dich umgebracht.*<<

Tamara lächelte sie eine kurze Weile weiter an, bevor sie ihr eine Antwort gegeben hatte. Sie sagte etwas, dass bei Defne für eine große Verwirrung gesorgt hatte.

>>*Du musst von hier verschwinden Defne! Du musst weg von diesem grausamen Ort!*<<

>>*Was? ... Was meinst du Tamara?*<< wollte Defne wissen, woraufhin Tamara folgendes gesagt hatte.

>>*Hier geschehen ganz furchtbare Dinge Defne. Du musst von hier weg, verstehst du mich? Du musst von hier verschwinden.*<<

>>*Ja, ich weiß, dass das ein schrecklicher Ort hier ist und, dass die Lehrer hier alle böse Menschen sind, aber ich bin hier gefangen Tamara. Kannst du mich bitte befreien? Hilf mir bitte von hier zu entkommen!*<< Hatte Defne ihre beste Freundin gebeten.

>>*Ich kann dir nicht helfen Defne.*<< Hatte Tamara zu ihr gesagt, woraufhin Defne verwirrt, aber auch ein wenig verängstigt und aufgeregt gefragt hatte >>*Wieso denn nicht? Wieso*

kannst du mir nicht helfen Tamara?<<

Doch dann konnte Defne einen sehr unangenehmen Gestank wahrnehmen. Ein Gestank, als ob etwas angebrannt gewesen wäre. Der üble Gestank war ihr richtig in die feine Nase gestochen. Es war nicht zum Aushalten gewesen und es stank immer mehr und mehr. Defne versuchte ihr Gesicht an ihre Schulter zu pressen, um so den üblen Gestank nicht riechen zu müssen, aber es half nicht.

>>Was ist das nur für ein übler Gestank Tamara?<< wollte sie wissen.

Tamara hatte sie mit einer fürchterlich tiefen und lauten Stimme angeschrien, die so geklungen hatte, als gehörte sie dem Teufel höchst persönlich. *>>VERSCHWINDE VON HIER DEFNE!<<*

Defne hatte einen großen Schreck bekommen und zappelte vor Angst auf ihrem Stuhl herum.

Sie sah Tamara an und konnte nicht fassen was sich da vor ihr abgespielt hatte. Sie konnte beobachten wie Tamara's Haut nach und nach zu schmelzen begann als würde sie brennen. Sie hatte Brandblasen und verkohlte Stellen überall auf ihrem Körper bekommen. Ihre Haare und ihre Kleidung fingen ganz plötzlich von selbst Feuer und standen unter Flammen. Tamara verbrannte bei lebendigem Leib direkt vor den traumatisierten und geschockten Augen von Defne, die vor lauter Angst nicht mehr zu schreien aufhören konnte. Tamara's Körper brannte weiter und Defne konnte teilweise ihre blutigen und miteinander verschmolzenen Knochen sehen. Doch obwohl sie lichterloh brannte und unter Feuer gestanden war, bewegte sich Tamara mit langsamen Schritten direkt auf Defne zu, die alles in ihrer Macht stehende versuchte, um irgendwie zu entkommen. Doch sie schaffte es nicht. Denn ganz egal was auch immer sie versuchte zu unternehmen, wollte ihr einfach nicht gelingen. Sie musste nämlich zu ihrem Bedauern feststellen, dass der Stuhl an dem sie festgebunden war und dadurch hilflos der verkohlten Leiche ihrer ehemals besten Freundin ausgeliefert zu sein schien, fest am Boden montiert gewesen war. Es war für sie somit unmöglich gewesen, sich mit dem Stuhl umzuwerfen und irgendwie davon zu kriechen. Der verkohlte und vollkommen entstellte Körper von Tamara bewegte sich immer und immer näher zu ihr. Der Gestank verbrannten Fleisches bohrte sich tiefer und tiefer in ihre Nase hinein bis nach oben zu ihrem Gehirn und verursachte so auch unerträgliche Kopfschmerzen bei ihr.

Und als ob das alles nicht genug gewesen wäre, tauchten plötzlich immer mehr verbrannte, verkohlte und entstellte Körper von Kindern rund um sie herum, die sich allesamt zu ihr bewegten und dabei ständig das gleiche wiederholt hatten, *>>Verschwinde von hier Defne! Verschwinde von hier Defne! Verschwinde von hier Defne!<<*

Defne schrie ihre Seele aus ihrem Hals und zappelte immer mehr herum. Sie hatte Bäche von Tränen geweint.

>>Bitte! Bitte, lasst mich in Ruhe! ... Bitte verschwindet!<< hatte Defne die wandelnden Briketts, die einmal Kinder gewesen sein sollen, immer wieder angefleht. Doch niemand von ihnen hörte auf sie. Sie bewegten sich immer näher zu ihr. Sie konnten schon beinahe nach ihr greifen. So nah wie sie gestanden waren, konnte Defne ganz deutlich ihre eingeschmolzenen Augen sowie ihre Finger sehen, die wie völlig ausgebrannte Zündhölzer ausgesehen hatten und bei der kleinsten Berührung zu Asche zerbröckeln würden. Durch die Verbrennung hatte sich bei manchen die Haut auf ihren Gesichtern zurückgezogen, sodass es ausgesehen hatte, als würden viele kleine Schädel sie frech angrinsen.

Was sollte sie nur tun? Wie sollte sie nur entkommen? Dachte

sie sich, während sie gleichzeitig die Augen ganz fest geschlossen, ihre beiden Hände zu festen Fäusten geballt und ständig das selbe flüsternd wiederholt hatte >>*Bitte lasst mich in Ruhe! Bitte lasst mich in Ruhe! Bitte lasst mich in Ruhe!*<<
Das hatte sie vielleicht in dieser kurzen Zeit gefühlte hundertmal wiederholt. Das wusste sie selber nicht.
Sie konnte spüren, dass sie immer näher kamen. Sie spürte wie die Halle immer kleiner und enger wurde. Sie bekam fast schon keine Luft mehr. Sie fühlte sich sehr eingeengt. Sie fühlte sich so, als würde man versuchen sie in eine Schuhschachtel einzuquetschen. Ein unerträgliches Gefühl nachdem anderen durchfuhr ihren gesamten Körper.
Ihr Flüstern war immer lauter geworden >>*Bitte lasst mich in Ruhe! Bitte lasst MICH IN RUHE! Bitte LASST MICH IN RUHE! BITTE LASST MICH ENDLICH IN RUUHEEE!*<<
So wie das letzte Wort, das sie geschrien hatte, hatte sie gleich danach einen großen Angstschrei von sich gegeben, nachdem sie eine sehr unangenehme Berührung auf ihrer Schulter gespürt hatte. Zuckend und schreiend hatte sie ihre beiden Augen aufgerissen und sah direkt in das boshafte Gesicht mit den furchteinflößenden Blicken, die beide zu niemand anderem gehört hatten als zu dem Schulwart Herr Raimund Welsch.
>>*Was brüllst du denn hier so herum sag mal?*<< Hatte er sie mit einer genervten und leicht verärgerten Stimme gefragt. Doch Defne konnte nicht antworten. Sie sah ihn verschreckt an und atmete dabei ganz schnell ein und aus.
>>*Du hattest wohl ein Albtraum was? ... Das kann ich dir bei bestem Willen nicht übel nehmen.*<< Hatte er ihr gesagt und konnte sich dabei ein sadistisches und schadenfreudiges Lachen nicht verkneifen.
Sein ekelerregendes Lachen war ja noch unerträglicher gewesen als die ganzen verkohlten Kinderleichen, die Defne in ih-

rem Albtraum heimgesucht hatten, dachte sie sich insgeheim.
Sie starrte ihn weiterhin schweigend an während er sich wieder
umgedreht hatte und dabei gewesen war die Halle zu verlassen.
Genau in diesem Moment hatte Defne folgendes gesagt
>>*Ich muss ganz dringend auf die Toilette bitte!*<<
Der großgewachsene Mann, der einen Gang hatte als würde er
etwas schweres mit sich herumschleppen, blieb stehen, drehte
sich um und starrte Defne mit noch genervteren Blicken an als
ein paar Minuten zuvor.
>>*Wie dringend musst du denn?*<< Hatte er sie gefragt, wo-
raufhin Defne am Stuhl hin und her wackelnd >>*Ganz dringend.*<< geantwortet hatte.
Mit trägen und genervten Schritten ging er wieder zu ihr, löste
ihre Fesseln auf und sagte zu ihr >>*Na dann, komm mit!*<<
Gemeinsam hatten sie sich auf den Weg zu den Toiletten gemacht, die sich ebenfalls unterhalb der ROYAL SCHOOL OF
VIENNA befunden hatten. Das war nötig für sie, denn so waren sie nicht gezwungen gewesen jedes Mal hinauf und hinunter zu rennen, wenn sie mal mussten.
Defne hatte bereits schon so lange auf diesem sehr unbequemen Holzstuhl gesessen, sodass sie kaum in der Lage gewesen
war zu gehen. Alles an ihrem Körper hatte ihr weh getan. Am
meisten waren es ihr Rücken und ihre Beine, die sie geplagt
hatten. Doch sie wollte sich nicht darüber bei dem grimmigen
Mann beschweren und ihn dadurch nur noch mehr ärgern.
Sie bevorzugte es zu schweigen und ihm bis zu den Toiletten
zu folgen.
Immerhin befanden sie sich im selben Stockwerk, sodass Defne keine mühsamen Stiegen hinaufsteigen musste. Doch der
Gang bis dahin schien kein Ende zu haben.
Erneut hatte sie festgestellt, dass die unterirdischen Räumlichkeiten so bedacht und sauber errichtet worden sind, sodass man

gar nicht das Gefühl bekommen hatte, dass man sich unter der Erde befinden würde. Man hatte sich sehr viel Mühe dabei gegeben. Das war ganz gewiss.

Schließlich waren sie bei den Toiletten angekommen und Defne stand direkt vor der Damentoilette.

>>*Geh rein, erledige dein Geschäft und dann geht's wieder zurück an den Stuhl. Morgen ist ein großer Tag. Wir haben noch viel vor.*<< Sagte Herr Welsch mit einer kühlen Stimme.

Defne antwortete nicht darauf und ging direkt in die Damentoilette hinen. Und so wie sie hineingegangen war, so war sie wieder mit großen und entsetzten Augen wieder herausgelaufen.

>>*Was ist los? Zu unangenehm?*<< Hatte er frech grinsend gefragt, weil er die Antwort bereits gekannt hatte. Denn es war in der Tat sehr unangenehm für Defne gewesen als sie die kranke und perverse Einrichtung darin vorgefunden hatte. Über den zwei Waschbecken waren nämlich jeweils aus Plastik eine Nachbildung des männlichen Geschlechtsorgans montiert gewesen, die als Flüssigseifenspender angebracht worden waren. Man musste nur den „Hodensack" drücken und schon floss weiße Flüssigseife aus dem „Penis" heraus. Sie fanden das sehr erregend und liebten derartig krankhafte und perverse Dekorationen.

Für Defne war das nicht nur unangenehm, sondern auch sehr verstörend gewesen, weswegen sie es bevorzugte auf die Herrentoilette zu gehen. Die war ohnehin leer gewesen, weil sich außer dem Schulwart und sie selbst sonst niemand in dieser unterirdischen Etage aufgehalten hatte.

Doch, obwohl sie in der Herrentoilette ebenfalls eine ähnliche verstörende und perverse Dekoration vorgefunden hatte, hatte sie sich dennoch in eines der beiden WC Kabinen begeben, um endlich ihre Blase erleichtern zu können. Beim Hinausgehen hatte sie die Flüssigseifenspender, die ebenfalls über die zwei

Waschbecken angebracht worden waren und ausgesehen hatten wie eine weibliche Brust, einfach ignoriert und sie nicht angesehen. Daher hatte sie lieber darauf verzichtet eines dieser „Brüste" zu drücken, sodass aus deren „Brustwarze" weiße Flüssigseife herausfließen konnte, mit der sie ihre Hände hätte waschen können. Sie hatte dafür etwas länger mit warmem Wasser ihre Hände gewaschen und anschließend gut abgetrocknet, bevor sie erneut dem frech grinsenden und ekelerregenden Schulwart gegenübergestanden und der ihr folgende sarkastische Frage gestellt hatte >>*Und? Die Hände auch gut gewaschen?*<< Defne würdigte dieser Frage keine Antwort, während er hinterher ekelhaft zu lachen angefangen hatte. Doch dann wurde er wieder ganz ernst und sagte zu ihr >>*Nun, komm jetzt! Ich bringe dich wieder zurück zu deinem „Thron".*<< Er machte dabei Anführungszeichen mit seinen beiden Händen.

Kurz bevor sie wieder in der Halle angekommen waren, sagte Defne zu ihm, dass sie großen Hunger gehabt hatte, woraufhin Herr Welsch ihr wie folgt geantwortet hatte >>*Nee, nee! Das kannst du schon mal vergessen. Denn das Ritual für morgen sieht vor, dass du keine Nahrung beziehungsweise keine Mahlzeiten zu dir nimmst. Das ist wichtig wegen deines Blutes. Es dürfen keine unnötigen Fette im Blut sein. Dein Cholesterinspiegel muss niedrig gehalten werden.*<<

Das weckte bei Defne erneut große Angstgefühle. Sie hatte wieder angefangen am ganzen Körper zu zittern und hatte nur Angst während der Schulwart sie wieder an ihren Holzstuhl fesselte.

Gleich wie er fertig gewesen war, hatte er die Halle und Defne verlassen. Sie war vollkommen außer sich gewesen.

Defne's traumatisierte Blicke starrten in eine dunkle Leere. Erneut rutschte dabei ein Tropfen Träne langsam ihre Wange hinab.

KAPITEL 8

DAS RITUAL

Mehr als vierundzwanzig Stunden waren bereits seit Defne's plötzlichem Verschwinden vergangen und noch immer wusste niemand wo sie gewesen war, noch immer hatte ihre Familie nichts von ihr gehört.

Rami und Derya hatten sich beide für die restliche gesamte Woche frei genommen.

Demet und Demiray waren zur Schule gegangen. Es war der erste Schultag seit seiner Prügelattacke gewesen. Am liebsten jedoch wären sie Zuhause bei ihren Eltern geblieben, aber Rami hatte darauf bestanden, dass sie ihre Schule nicht vernachlässigen sollen. Er hatte seinen beiden Kindern klar gemacht, dass er und seine Ehefrau schon gut zurecht kommen würden und, dass sie ohnehin die Unterstützung der Ermittler hätten, die beinahe ohne Pause nach ihrer vermissten Tochter suchten. Und sie hatten ja auch noch ihre zuverlässige Nachbarin Selma bei sich gehabt. Auch sie hatte sich die ganze Zeit über gut um die Familie Mutlu gekümmert und leistete seelischen Beistand so gut wie sie nur gekonnt hatte.

Trotz allem war es den beiden Kindern, Demet und Demiray schwer gefallen zur Schule zu gehen. Sie hatten beide ganz genau gewusst, dass sie mit den Gedanken die ganze Zeit über bei der Familie und auch bei ihrer jüngsten Schwester Defne sein und daher nicht im Unterricht aufpassen würden. Doch irgendwie mussten sie den Tag überstehen und zurück zu ihrer Familie nach Hause kommen.

Rami hatte eine Kleinigkeit zu sich genommen, obwohl ihm gar nicht danach gewesen war etwas zu essen. Doch irgendwie musste er darauf achten, dass er bei Kräften bleibt. Zudem hatte ihn Selma dazu ermutigt. Derya hingegen protestierte weiterhin auch nur den kleinsten Bissen zu sich zu nehmen, ohne vorher erfahren zu haben, ob ihre Tochter Defne auch etwas gegessen hatte oder nicht.

Was für eine Mutter wäre sie denn sonst, wenn sie sich dazu entschließen würde zu essen und darauf zu schauen, einen vollen Magen zu haben ohne zu wissen, ob ihr Kind hunger hatte oder nicht? Wie konnte sie dabei selbst nur Hunger und Appetit haben? Wie konnte sie nur Bissen, die sie machen würde, einfach so hinunterschlucken?

Nein, sie hatte sich fest in den Kopf gesetzt nicht zu essen eher sie nichts von Defne gehört hatte.

Zuerst musste sie erfahren, dass es ihr, dass es ihrer Tochter, dass es ihrem jüngsten Kind gut ging.

Und irgendetwas tief in ihr, teilte ihr ständig mit, dass sie wohlauf gewesen war. Sie wusste ganz genau, ihr Defne würde schon bald wieder nach Hause zu ihrer Familie zurückkehren. Sie glaubte ganz fest daran und betete nahezu ununterbrochen zu Gott.

Zu „Gott" beteten auch mittlerweile die Mitglieder der satanischen Sekte bestehend aus dem Schulpersonal der ROYAL SCHOOL OF VIENNA.

Es war bereits Schulschluss gewesen und sämtliche Klone der ehemaligen Schülerinnen und Schüler waren nach Hause gegangen.

Mag. Andrea Janssen, Raimund Welsch und alle anderen Lehrerinnen und Lehrer der ROYAL SCHOOL OF VIENNA hatten sich allesamt oben im Dachgeschoss versammelt und huldigten zu der Statue von Baphomet, den sie als ihren Gott verehrt hatten. Die Männer trugen dabei eine blaue und funkelnde Seidenrobe mit einer breiten Kapuze, die optisch sehr stark an eine Mönchsrobe beziehungsweise Mönchskutte erinnert hatte während die Frauen eine rote und funkelnde Seidenrobe trugen. Mag. Andrea Janssen stand ganz vorne an der ersten Reihe während all die anderen sich hinter ihr aufgereiht hatten. Sie alle beteten die Statue von Baphomet gesanglich in der lateinischen Sprache an. Sie klangen dabei wie ein Kirchenchor. Nur weitaus düsterer und unheimlicher.

Nachdem sie damit fertig gewesen waren, sprach die Schuldirektorin Mag. Andrea Janssen alleine mit der Statue während die anderen still und konzentriert ihr dabei zuhörten.

>>*Oh du unser großer und geliebter Herr! Heute werden wir, deine Kinder, deine Gefolgschaft, dir zu Ehren ein Kind opfern. Sie wird somit das erste Kind seit der Eröffnung unserer Schule sein, das wir dir als Zeichen unseres Dankes und unserer Treue opfern werden. Nur dir zu Ehren werden wir das reine Blut dieses unschuldigen Geschöpfes fließen lassen und anschließend, um das Ritual zu vollenden, uns an ihrem Blut gütlich tun. Und an dieser Stelle mein Herr, möchte ich mich im Namen von allen, die vor dir stehen und dir den nötigen Respekt erweisen und deinem Weg folgen, bedanken. Ich möchte mich dafür bedanken, dass du uns die Möglichkeit gegeben hast, dieses Mädchen, für dich zu opfern. Denn wir wissen, dass du es gewesen warst, der sie zu uns geführt hat. Und nun werden wir deinem Wunsch nachkommen und tun was du von uns verlangst.*<<

Nachdem sie zu Ende gesprochen hatte, hatten sich alle umgedreht und darauf gewartet bis ihre Anführerin Mag. Andrea Janssen sie nach unten zu dem am Stuhl gefesselten Mädchen geführt hatte.

Sie ging voran und der Rest folgte ihr.

Mit langsamen Schritten stiegen sie eine Stufe nach der anderen hinunter. Dabei hatten sie ihre Arme den gesamten Weg bis tief in den Keller ineinander verschränkt. Es war mehr so, dass ihr linker Arm über ihrem rechten Arm gelegen hatte, als eine gewöhnliche Armverschränkung vor ihrer Brust.

Sie trugen alle die selbe lange Kette an ihrem Hals. Sie reichte ihnen bis unterhalb ihrer Brüste.

Es war ein großer Pentagramm aus echtem Silber gewesen.

Um ihre Becken herum war eine goldene Kordel aus Baumwolle gewickelt gewesen an dessen rechter Seite ein kleiner Beutel aus schwarzer Samt gehangen hatte in der sie einen spitzen Dolch aus Messing aufbewahrt hatten.

Sie trugen schwarze und feste Lederstiefel an ihren Füßen, die knapp bis unterhalb ihrer Knie gereicht hatten und aussahen wie als kämen sie direkt aus dem Mittelalter.

So marschierten sie, alle dreizehn Mitglieder, wie eine Armee der Dunkelheit bis hinunter zu dem inzwischen verhungerten und dehydrierten Mädchen, die auf den Namen Defne gehört hatte.

Mag. Andrea Janssen betrat als erste die Halle und direkt hinter ihr kamen auch schon die restlichen Anhängerinnen und Anhänger der Dunkelheit in die Halle hinein, um gemeinsam ihr okkultes und satanisches Ritual durchführen zu können.

Mit geschwächten und ermüdeten Augen versuchte Defne ganz genau zu beobachten welch schreckliches Spektakel sich vor ihr ereignete.

Sie war kaum in der Lage gewesen zu sprechen. Sie konnte weder ihre Augen ganz öffnen noch ihren Kopf gerade halten.

Sie war eindeutig erschöpft gewesen.

Die Sektenmitglieder stellten sich rund um sie im Kreis herum und sahen sich ihr Opfer still und schweigend an. Wie die Aasgeier, die auf das tote Fleisch drauf starrten, bevor sie sich darauf stürzten.

Wie Hunde, die auf das Kommando ihres Herrchen warteten,

sodass sie sich direkt auf die Beute stürzen konnten.

Doch bevor sie nach ihren Dolchen greifen und einer nach dem anderen auf das wehrlose Mädchen einstechen konnten, musste noch vor dem eigentlichen Ritual die Zeremonie abgeschlossen werden.

Also griff Mag. Andrea Janssen nach einem Schwenkräuchergefäß, der sich hinten in der Halle auf einem kleinen Tisch befunden hatte und fing an ihn in der gesamten Halle rund um das Mädchen und ihren Leuten langsam zu schwenken an, um so alle anwesenden Personen im Raum zu segnen.

Der dichte weiße Rauch, der aus den Löchern hinausgetreten war, erweckte bei der halbtoten Defne den Eindruck einer Teekanne. Das Schauspiel erinnerte sie an den Tee, den ihre Mutter täglich zubereitete. Erneut musste sie an ihre Eltern und auch an ihre Geschwister denken während die gesamte Halle innerhalb von wenigen Minuten vom Nebel umhüllt gewesen war.

Mag. Andrea Janssen hatte die Zeremonie abgeschlossen und bereitete sich nun auf das eigentliche Ritual vor. Noch ein letztes Mal wollte sie zu Defne sprechen, die weder sie noch ihre Worte kaum wahrnehmen konnte. >>*Nun mein Kind ... wird es gleich soweit sein. Du hast die Ehre das erste Opfer für unseren Herrn Baphomet zu werden. Wir werden dein Blut trinken, sodass wir auf ewig jung und lebendig bleiben können. Dein Blut wird uns eine noch stärkere Lebensenergie geben als das Adrenochrom. Denn dein Blut wird für unseren Herrn fließen. Er hat es für uns abgesegnet. Es ist sein Geschenk an uns. Und du bist unser Geschenk an ihn. Es werden dir noch viele weiter Kinder folgen. Denn wir müssen die Opferung immer auffrischen. So will es unser Gesetz. So will es das Ritual. So will es der Orden. ... So will es unser Herr, ... Baphomet.*<<

So wie sie ihre Ansage zu Ende gebracht hatte, hatte sie nach ihrem Beutel gegriffen, um das sich darin befindende Dolch herauszuholen. Als die Anführerin der Sekte war es ihr bestimmt gewesen den ersten Einstich zu machen und auch den ersten Schluck Blut zu trinken.

Dann erst durften die anderen ihre Dolche in den Körper ihres Opfers einstechen und ebenfalls von dessen Blut trinken.

Mit gezücktem Dolch war sie vor bis zur Defne gegangen. Sie war immer noch neben sich und total benommen gewesen.

Sie konnte sich weder wehren, noch schreien oder sonst irgendetwas sagen, bevor es mit ihrem kurzen Leben zu Ende gehen sollte.

Mag. Andrea Janssen stand nun direkt vor Defne und starrte sie einen Moment lang an, bevor sie ihren Dolch über ihren Kopf angehoben hatte.

>>*Im Namen des Herrn opfere ich dich.*<< Hatte sie noch vorher zur Defne gesagt.

Und kurz bevor sie ihren Dolchhieb vollenden konnte, kam ein Pistolengeschoss durch ihre Stirn hindurch geflogen, sodass der Dolch noch vor ihrem leblosen Körper, aus ihren Händen, auf den Boden gefallen war.

Sie hatte ein gewaltiges Einschussloch auf ihrem Hinterkopf gehabt aus dem literweise Blut und jede Menge Gehirnteile herausgetreten waren.

Defne hatte kaum mitbekommen was gerade eben passiert war. Die restlichen Anhängerinnen und Anhänger der Sekte hatten jedoch sehr wohl alles mitbekommen und hatten allesamt ihre Blicke panisch und verschreckt in die Richtung gewendet, aus der der tödliche Schuss gekommen war.

Ein gut gebauter und sportlicher Mann Mitte Dreißig, der bis zu den Zehenspitzen bewaffnet gewesen war, stand mit finsteren Blicken direkt vor ihnen und starrte sie eine kurze Weile an, bevor er zu seinen beiden Maschinenpistolen gegriffen und

das gesamte Magazin in den Körpern der verwirrten zwölf Personen versenkt hatte. Er hatte sie regelrecht durchlöchert.
In nur wenigen Sekunden hatte sich die gesamte Halle mit literweise Blut und stückchenweise Fleischresten gefüllt.
Kein einziger von den dreizehn Mitgliedern der Sekte hatte überlebt. Kein einziger war verschont geblieben.
Nachdem er sie alle eiskalt niedergemetzelt hatte, stand er mitten im Raum für wenige Sekunden stehen und bewunderte sein Kunstwerk.
>>*Na das nenne ich ja mal eine Opferung ihr verdammten Bastarde!*<< Hatte er zu den durchlöcherten Leichen gesagt, bevor er sich direkt zu dem beinahe bewusstlosen Mädchen zugerannt war und sie von ihren Fesseln und dem Holzstuhl befreit hatte. Er nahm sie in seine kräftigen und muskulösen Arme und rannte mit ihr so schnell er kannte hinaus auf die Straße.
Es war mittlerweile sehr dunkel gewesen. Doch die frische und saubere Luft schien Defne gut zu tun. Denn sie war wieder langsam zu sich gekommen. Um ganz sicher zu gehen, hatte ihr Retter, der gerade noch rechtzeitig gekommen war, sie wachgerüttelt. Aus seinem dunklen Fahrzeug holte er eine Flasche Wasser, die er bis zur Hälfte bereits getrunken hatte und goss einen Teil der restlichen Hälfte über das Gesicht des dehydrierten Mädchens und den letzten Rest gab er ihr zu trinken.
Sie hatte das Wasser so gierig getrunken, so als ob sie beinahe die gesamte Flasche essen wollte.
Er hatte ihr auf die Beine geholfen und versuchte mit ihr zu sprechen. >>*Hey Kleine! Kannst du mich hören?*<< Mit erschöpfter Stimme und wackeligen Beinen bemühte sich das kleine und geschwächte Mädchen ihm zu antworten. Ein ein faches >>*Ja.*<< War aus ihrem Mund gekommen.
>>*Gut. Wie heißt du und wo wohnst du? Ich bringe dich wie-*

der zurück zu deiner Familie.<< Hatte der junge Mann ihr versprochen. Doch sie war viel zu müde für eine gesunde Unterhaltung gewesen, woraufhin er zu ihr folgendes gesagt hatte >>*Na gut, du bist noch ganz außer dir. Ich werde dich erst einmal mit zu mir nehmen. Dort kannst dich ausschlafen und etwas zu essen gebe ich dir auch noch. Dann kannst du mir ja vielleicht verraten wer du bist und wo du wohnst.*<<

Er hatte ihr geholfen in sein Fahrzeug einzusteigen. Er hatte sie auf den Beifahrersitz hingesetzt und angegurtet. Doch bevor er mit ihr losfahren konnte, wollte er noch seine Arbeit zu Ende bringen.

Er holte aus der rechten Beintasche seiner Cargohose einen Fernzünder heraus.

Er hatte nämlich, noch bevor er sich tief in den Kellergeschoss begeben, die gesamte Sekte niedergemetzelt und das kleine Mädchen gerettet hatte, im gesamten Schulgebäude der ROYAL SCHOOL OF VIENNA jede Menge Sprengstoff angebracht, die er nun per Knopfdruck am Fernzünder zum explodieren gebracht hatte. Ein großes Feuerwerk hatte sich dadurch ergeben. Nicht nur die ROYAL SCHOOL OF VIENNA samt ihren unterirdischen Räumlichkeiten war in die Luft geflogen, sondern auch der gesamte Schulgarten. Er hatte nichts unversehrt hinterlassen.

Nachdem er auch dieses große Kunstwerk von sich bewundert hatte, hatte er sich in sein Fahrzeug hineingesetzt und war davon gefahren.

Am Rückspiegel konnte er noch Meilenweit die Trümmer der Schule sowie die bis zum Himmel hoch reichenden Flammen flackern sehen.

Er warf einen Blick zu dem schlafenden Mädchen am Beifahrersitz hinüber und war froh darüber gewesen, dass er sie noch rechtzeitig retten konnte, bevor ihr etwas ernsthaftes zugestoßen war.

Die ersten Sirenen der Feuerwehr waren bereits in seine Ohren eingedrungen als er gerade in die nächste Straße eingebogen war.

Mit einem großen Schreck und einem schrillen Schrei war Defne am nächsten Morgen ganz plötzlich aufgestanden. Doch ihr Schreck hatte sich sofort in eine große Verwirrung verwandelt, nachdem sie festgestellt hatte, dass sie sich nicht mehr in der abscheulichen Halle, sondern in einem kleinen Zimmer mit einem richtigen Bett darin vorgefunden hatte. Sie konnte sich an die letzte Nacht nicht mehr richtig erinnern. Sie konnte sich nicht mehr daran erinnern was genau passiert war und wie sie in dieses Zimmer gekommen war. Was war bloß letzte Nacht geschehen? Alles woran sie sich noch gut erinnern konnte, waren die abscheulichen und wiederwertigen Toiletten, die sie am liebsten hätte niemals betreten. Doch sie war nun mal ein Mensch gewesen und musste sich, so wie alle anderen auch, ihren Bedürfnissen nachgeben. Und was genau danach geschehen war, wusste sie nicht. Sie hatte nur sehr schwache Bruchstücke an Erinnerungen gehabt, die in ihrem inneren Geiste nach und nach aufblitzten. Sie konnte die Farben Rot und Blau erkennen und auch dichten weißen Rauch, sowie Schattengestalten. Doch sie konnte sich darunter nichts sinnvolles zusammenreimen. Sie grübelte immer tiefer, aber es wollte ihr einfach nichts einfallen. Doch dann erfasste sie ein neuer Schreck, sodass sie vom Bett hinunter hüpfte und direkt zum Spiegel rannte, der an der Wand hinter der Zimmertür gehangen hatte. Sie starrte auf ihr Spiegelbild und tastete mit ihren kleinen Händen ihr komplettes Gesicht ab. Denn Defne hatte Angst darüber gehabt, dass sie womöglich auch nur ein Klon gewesen war. Wer wusste schon was diese perversen Psychopathen mit ihr alles angestellt hatten?

Doch ihre Angst hatte sich schnell wieder gelegt, nachdem sie auf ihr Verhalten geachtet hatte. Sie hatte sich nicht so seltsam benommen wie Tamara oder all die anderen Schülerinnen und Schüler aus der ROYAL SCHOOL OF VIENNA. Und genau diese Feststellung war es gewesen, die sie wieder beruhigt hatte.

Aber was genau war denn sonst passiert, dachte sie sich als nächstes und bewegte sich langsam zu der Tür des Zimmers in der sie sich aufgehalten hatte.

Langsam, vorsichtig und ängstlich öffnete sie die Tür einen kleinen Spalt breit und versuchte durch diesen engen Spalt einen Blick in das Zimmer dahinter zu erhaschen.

Viel konnte sie nicht erkennen. Aber es gab ja auch gar nicht viel zu sehen. Nur ein kleiner Esstisch aus Holz stand mitten im Zimmer und davor ein Holzstuhl, der sofort eine kleine Panikattacke in ihr ausgelöst hatte. Der Stuhl hatte sie an den Holzstuhl aus der Halle erinnert auf dem man sie festgebunden hatte. Panisch hatte sie die Tür wieder zugeknallt und lief mit einem gewaltigen Herzrasen rückwärts zum Bett und hockte sich weinend auf den Fußboden nieder.

Sie hatte mit ihren beiden Armen, ihre zur Brust gezogenen Knie, fest umklammert und ihren Kopf darin versenkt während sie weinte.

Doch so wie sie zu Weinen angefangen hatte, so hatte sie auch ganz schnell wieder aufgehört und dabei verschreckt ihren Kopf hochgehoben.

Irgendjemand hatte die Wohnung betreten und sie hatte keine Ahnung gehabt, wer es gewesen war. Noch erschreckender für sie war es gewesen, ob diese Person zu den Guten oder zu den

150

Bösen gehört hatte.

Defne hatte ihre beiden Ohren ganz weit aufgerichtet und lauschte hoch konzentriert in die Richtung aus der die Geräusche gekommen waren.

Und wieder konnte sie Fußschritte hören, die sich langsam zu der Tür ihres Zimmer näherten. Das Knarren des Fußbodens erzeugte bei ihr umso mehr Angst.

Und wieder war sie kurz davor gewesen eine weitere Panikattacke, aufgrund der vergangenen schrecklichen Ereignisse, die ihr widerfahren waren, zu bekommen.

Sie fing an laut und tief ein- und auszuatmen während sie noch immer in der selben Position da gesessen war.

Ihre Blicke hatte sie direkt auf die Türklinke fixiert, die sie ohne zu Blinzeln angestarrt hatte.

Und dann folgte eine kurze Stille. Sowohl die Fußschritte als auch das Knarren des Fußbodens hatten plötzlich aufgehört. Gespannt wartete sie darauf was wohl als nächstes geschehen würde.

Sie hatte ihre Atmung verlangsamt, um besser hören zu können, was im anderen Zimmer passierte. Doch es war nichts zu hören gewesen. Sie hatte ihren Kopf schräg zur Seite geneigt und ihren Kopf ein wenig nach vorne gestreckt, sodass sie besser hören konnte. Doch auch wieder konnte sie absolut nichts hören.

Sie hatte beschlossen sich langsam und leise der Tür zu nähern. Sie war auf allen Vieren gekrochen. Sie kam immer und immer näher zu der Tür und war schon dabei gewesen ihr rechtes Ohr an die Tür zu pressen.

Und als sie nur Sekunden davor gewesen war, klopfte es plötzlich an der Tür, sodass sie mit einem großen Schreck und einem noch größeren Schrei, einen weiten Sprung nach hinten gemacht hatte und auf ihrem Rücken gelandet war.

Sie war dabei wie paralysiert gewesen. Vor lauter Angst war sie nicht mehr in der Lage gewesen einen einzigen Muskel zu bewegen.

Sie war einfach nur da gelegen und hatte wie ein Fisch, der an Land gespült worden war, darauf gewartet bis eine Möwe sie aufschnappt und auffrisst.

>>*Bist du wach?*<< Hörte sie eine tiefe Männerstimme mit ihr sprechen. Doch sie hatte zu sehr Angst, um ihm eine Antwort zu geben, sodass sie es vorerst bevorzugt hatte zu schweigen.

Es klopfte erneut an der Tür.

>>*Falls ja, dann kannst du ja hinauskommen. Ich habe uns etwas Frühstück besorgt.*<< Sagte die selbe tiefe Männerstimme, die jedoch ganz nett und freundlich geklungen hatte.

Doch auch wieder hatte sie sich nicht getraut darauf zu antworten.

Sie konnte hören wie die Fußschritte sich von der Tür wieder entfernten. Das Zurechtrücken des Holzstuhls konnte sie ebenfalls ausmachen. Danach folgten sämtliche typische Geräusche, die man vom Geschirr wie Teller, Besteck und Gläsern gekannt hatte. Es klang so, als ob der Mann, der zu ihr gesprochen hatte, tatsächlich den Tisch für ein Frühstück deckte.

Langsam fasste sie der Mut wieder und sie stand auf.

Sie hielt ein wenig inne und atmete erst einmal tief ein und aus, bevor sie sich langsam zu der Tür genähert hatte.

Mit einer langsamen Handbewegung griff sie nach der Türklinke und drückte sie ganz fest zu, während sie dabei auf ihre Unterlippe gebissen hatte.

Sie überlegte noch ein allerletztes Mal, ob sie dem fremden Mann tatsächlich trauen konnte und, ob es tatsächlich klug gewesen wäre aus dem Zimmer herauszukommen.

Doch dann war ihr eingefallen, dass der fremde Mann ihr höchstwahrscheinlich schon längst etwas angetan hätte, wenn er es tatsächlich auch gewollt hätte.

Aber das hatte er nicht.

Ihr ging es momentan noch gut. Sie war ausgeschlafen und sie war Gott sei Dank nicht mehr in dieser Horrorhalle gewesen.

Das waren für Defne genug Gründe in diesem Moment gewesen, sich aus dem Zimmer heraus zu trauen und den fremden Mann kennenzulernen, der sie möglicherweise aus dieser Schule des Grauens herausgeholt hatte.

Nun war sie bereit dafür gewesen. Sie atmete ein letztes Mal noch tief ein und aus, fasste all ihren Mut zusammen, drückte die Türklinke nach unten, machte die Tür langsam auf und ging mit vorsichtigen Schritten hinaus.

Der fremde Mann, der eine schwarze Jeanshose und ein schwarzes T-Shirt darüber angehabt hatte, war gerade dabei gewesen Milch in die kleine weiße Schüssel zu gießen, in der sich bereits die schokoladigen Choc Blop's befunden hatten.

Als er gerade die Vollmilchtüte auf dem Esstisch abgestellt hatte, hatte er das kleine und verängstigte Mädchen, das direkt vor der Zimmertür gestanden hatte, gesehen.

>>*Guten Morgen Defne!*<< Hatte er sie freundlich begrüßt, woraufhin Defne einen verwirrten Eindruck auf ihn gemacht hatte. Sie hatte sich in dem Moment gedacht, woher er sie bloß kennen würde und wer dieser Mann überhaupt gewesen war.

>>*Komm und setz dich bitte! Ich habe dir Frühstück vorbereitet. Und während du isst, werde ich dir deine ganze Verwirrung und auch die Angst, die du empfindest, nehmen.*<<

Hatte er ihr Vertrauen gewinnen wollen und ihr dabei freundlich zugezwinkert.

Defne ging langsam zu dem Esstisch hinüber und starrte dabei die ganze Zeit über den fremden Mann in Schwarz an.

Sie wollte und konnte ihre Blicke einfach nicht von ihm abwenden, weil sie sich wegen ihm immer noch nicht ganz sicher sein konnte.

Dann hatte sie ihre Blicke doch dem Holzstuhl gewendet, vor der sie gestanden hatte. Sie wusste zwar, dass es nicht der selbe grausige Stuhl aus der noch grausigeren Schule gewesen war, aber dennoch musste sie erst einmal ihre Angst überwinden und klaren Verstand fassen.

Und das war ihr schließlich auch gelungen.

Sie setzte sich hin, griff nach dem Löffel und begann langsam ihre Choc Blop's zu essen. Die schmecken aber köstlich, dachte sie sich dabei, jedoch hatte sie sich den Genuss nicht anmerken lassen wollen.

Ein Glas kalte Kakaomilch stand noch vor ihr und zudem gab es noch etwas getoastetes Brot, Erdnussbutter, Erdbeermarmelade und ein Spiegelei.

Nach dem zweiten Löffel an Choc Blop's konnte sie sich selbst und ihren großen Hunger einfach nicht länger zurückhalten und legte mit dem Frühstücken erst richtig los.

Der fremde Mann hatte sich gegen die Spüle gelehnt, seine Arme verschränkt und hatte sie dabei erst einmal beobachtet und ihr Zeit zum Essen gelassen, bevor er mit ihr zu sprechen anfangen wollte.

Die Kleine hatte wohl in ihrer Gefangenschaft nichts zu essen bekommen, dachte er sich während er sie dabei beobachtet hatte, wie sie einen gierigen Bissen nach dem anderen gemacht hatte.

Weil ihr Mund voll mit dem schmackhaften Frühstück gestopft gewesen war, hatte sie sich beim Schlucken schwer getan, weswegen sie nach dem Glas mit Kakaomilch gegriffen und versucht hatte damit alles hinunterzuspülen. Es sah jedoch viel mehr danach aus, als ob sie die zermanschten Reste in ihrem Mund durch ihren Hals hindurch zwängen wollte.

Nachdem sie endlich alles hinunter gewürgt hatte, atmete sie

erst einmal tief aus, blickte zu dem fremden auf und stellte ihm folgende Frage >>*Woher kennen Sie meinen Namen?*<<
Neben der Spüle lag auf dem Küchentresen die aktuelle Morgenzeitung. Der fremde Mann hatte nach ihr gegriffen, ein paar Seiten darin umgeblättert, sich langsam zu ihr bewegt und die Zeitung vor ihr auf den Tisch gelegt.
Defne hatte ein Blick auf die aufgeschlagene Seite geworfen, während der fremde Mann gesagt hatte >>*Deine Familie hat eine Vermisstenanzeige aufgegeben. Die ganze Stadt sucht nach dir.*<<
Plötzlich war ihr Appetit wieder verschwunden und sie hatte aufgehört weiter zu frühstücken.
>>*Haben meine Eltern Sie geschickt, um mich zu suchen?*<<
Der Mann sah sie für einige Sekunden schweigend and und beantwortete dann ihre Frage >>*Nein, das haben sie nicht.*<<
Defne war nun neugierig geworden >>*Woher wussten Sie dann, dass ich dort gewesen bin?*<<
Und wieder machte der fremde Mann eine kleine Pause und beantwortete anschließend auch diese Frage >>*Das wusste ich nicht. ... Es war nur Zufall, dass ich dich dort gefunden habe. Und ich kam wohl genau zur richtigen Zeit, denn die eine Verrückte Braut war gerade dabei gewesen dich mit einem Dolch zu erstechen.*<<
Als Defne das gehört hatte, waren ihre Augen weit aufgerissen und ihr Gesicht weiß angelaufen gewesen. Sie war schockiert und fassungslos.
Während sie erst einmal das verarbeiten musste, erzählte der fremde Mann weiter und klärte sie über alles auf >>*Ich mache schon länger Jagd auf Bastarde wie die von letzter Nacht. Ganz egal wie kriminell und boshaft sie sind. Ich jage sie alle und bringe sie anschließend zur Strecke. Und als ich vor einiger Zeit in den Nachrichten gesehen hatte, dass eine neue*

Schule mit gewissen Zeichen und Symbolen hier eröffnet, die mir bereits bekannt sind, wusste ich, dass diese Schule nichts Gutes bedeuten würde.<<

An dieser Stelle wurde er von Defne unterbrochen, die nachdenklich gewirkt hatte >>*Meinen Sie vielleicht Symbole und Zeichen wie ein Dreieck mit einem Auge darin und Ein Zirkel sowie ein Winkelmaß mit einem großen G in deren Mitte?*<<

Der fremde Mann sah sie mit fragenden Blicken an und sagte >>*Ja, genau diese verfluchten Symbole und viele weitere mehr.*<<

Defne sagte daraufhin >>*Ich habe diese Symbole gesehen als ich gefangen in der Halle gewesen war. Sie waren auf eine Tafel aus Gold eingraviert* gewesen.<< Dann war sie wieder still geworden und hörte ihm weiterhin aufmerksam zu >>*Es gibt verdammt viele von ihnen. Sie sind überall auf der Welt verstreut. Haben überall ihre Hände drinnen und kontrollieren einfach alles und jeden. Sie sind für viele schwere Verbrechen verantwortlich. Grausame und unaussprechliche Verbrechen.* ... << Er hielt kurz inne und erzählte dann weiter >>*... Und jetzt wollten sie ihr Netz hier in Wien weiter ausbauen. Aber nicht solange ich hier bin. Bis her waren es irgendwelche Psychopathen und sonstige gewöhnliche Kriminelle gewesen auf die ich Jagd gemacht hatte, aber nun scheint es so, als ob ich auch Jagd auf die eigentlichen Verbrecher machen muss, die weitaus gefährlicher, klüger, organisierter und bösartiger sind als die, die ich bisher aus dem Weg geräumt hatte. Aber trotz alle dem wir es kein Problem für mich sein, sie zu jagen und sie genauso zu vernichten.*<<

Es erfolgte eine etwas längere Schweigepause.

>>*Wie bist du in diesem elendigen Drecksloch gelandet?*<< hatte er die Schweigepause unterbrochen als er dem kleinen Mädchen die Frage gestellt hatte.

>>Meine beste Freundin, sie hieß Tamara, war dort zur Schule gegangen, aber seit ihrem ersten Tag dort, hatte sie sich seltsam verhalten. Sie war zwar äußerlich wie meine beste Freundin, die ich schon so lange gekannt hatte, aber innerlich schien sie nicht mehr die selbe gewesen zu sein. Sie wirkte plötzlich so kalt und abweisend. Also hatte ich beschlossen der Sache auf den Grund zu gehen und dachte, dass ich vielleicht Antworten in dieser Schule finden könnte. Doch dann ...<< Sie hielt inne und kämpfte mit den Tränen.

Nach wenigen Sekunden konnte sie sich wieder sammeln und erzählte weiter >>*... Dann hat mich dieser ekelhafter Schulwart, der mich immer böse angestarrt hatte, entführt und mich tief unterhalb des Schulkellers gebracht. Eine Art Geheimlabor oder so hatten sie dort errichtet. Und sie haben ...*<< Erneut musste sie mit ihren Tränen kämpfen doch dieses Mal musste sie sich ihnen geschlagen geben. Unter leichten Tränen versuchte sie weiterzusprechen >>*... Sie haben gesagt, dass sie dort alle Schülerinnen und Schüler, auch meine beste Freundin Tamara, geklont und anschließend sie alle getötet hätten. Und die Eltern und Familien all dieser Kinder wissen nicht einmal, dass sie Klone sind.*<< Ihrem Weinen hatte sich noch ein leichter Schluckauf dazu gesellt. Der fremde Mann überreichte ihr ein Glas Wasser während er sich mit einem angewiederten Gesichtsausdruck gedacht hatte, was für verfluchte Bastarde das gewesen sein müssen, etwas so schreckliches und noch dazu den Kindern anzutun.

>>*Tut mir sehr Leid, wegen deiner Freundin!*<< Hatte er ihr sein Beileid ausgesprochen während sie das Glas Wasser entgegengenommen hatte.

Defne hatte einen kleinen Schluck davon gemacht, das Glas am Tisch abgestellt und gesagt >>*Ich wünschte, Sie wären schon damals rechtzeitig gekommen, um sie zu retten.*<<

Der fremde Mann hielt ein wenig inne und sagte folgendes
>>Das wünschte ich jetzt auch, aber ich kann leider nicht immer zur richtigen Zeit am richtigen Ort sein. Da draußen gibt es einfach viel zu viele böse Menschen. Es werden täglich mehrere Verbrechen an verschiedenen Orten begangen. Und so sehr ich es mir auch wünschte sie alle rechtzeitig aufzuhalten, kann ich das leider nicht.<<
Defne nickte langsam mit ihrem Kopf verständnisvoll und sagte *>>Dann danke ich Ihnen, dass Sie mich rechtzeitig dort raus geholt haben!<<* Und sie schenkte ihm ein kleines Lächeln, den er mit einem kleinen und freundlichen Kopfnicken erwidert hatte.
>>Und was ist dann aber mit dieser grauenhaften Schule? Wir dürfen nicht zulassen, dass weitere Kinder zu deren Opfer werden.<< Hatte sich Defne dazu geäußert, woraufhin der fremde Mann auf die erste Seite der Zeitung umgeblättert hatte auf die Defne staunend drauf geblickt hatte.
Folgendes war auf der Titelseite zu lesen gewesen,

„EXPLOSION IN DER SCHULE
ROYAL SCHOOL OF VIENNA vollkommen zerstört."

Darunter war ein Bild gewesen auf dem die Trümmer der ROYAL SCHOOL OF VIENNA zu sehen waren. Dazu viel schwarzer Rauch und sonstiger Haufen an Schutt und Asche. Verblüfft und mit großen Augen reagierte Defne mit einem einfachen *>>Oh!<<* darauf und fügte gleich folgendes hinzu *>>Sie haben sich auch bereits darum gekümmert.<<*
Der fremde Mann zog sich seine schwarze Jacke an und sagte *>>Na los, ich bringe dich jetzt zu deinen Eltern! Lassen wir sie nicht noch länger warten.<<*
Zum ersten Mal, seit ihrer Entführung und ihrer Gefangen-

schaft, überkam Defne ein Gefühl der Erleichterung. Endlich würde sie ihre Familie wiedersehen. Endlich würde sie ihre Eltern umarmen können. Endlich würde sie wieder bei ihrer Schwester und ihrem Bruder sein können.

Sie hatte sie alle so sehr vermisst. Sie hatte ihr Zuhause vermisst. Und sie hatte auch ihre Schule, ihre Lehrerin und ihre Klassenkameradinnen und Klassenkameraden vermisst.

Sie hatte sogar ihre komische Nachbarin Selma vermisst.

Sie wollte einfach so schnell wie möglich zu ihnen allen zurückkehren.

Und sie vermisste auch nach wie vor ihre beste Freundin Tamara.

Sie waren mit dem Fahrzeug direkt vor dem Wohngebäude stehengeblieben, in denen die noch ahnungslosen Eltern von Defne vergeblich auf eine gute Nachricht von ihrer Tochter warteten.

Noch wussten sie nicht, dass sie in nur wenigen Minuten ihre vermisste Tochter wieder in ihre Arme schließen können würden.

Der fremde Mann hatte es für richtig gehalten nicht auszusteigen. Er wollte in seinem Fahrzeug sitzen bleiben und darauf warten bis Defne sicher durch die Haustür gegangen war.

Danach wollte er wieder weiterziehen.

Es folgte somit der Abschied.

>>*Danke für alles!*<< Hatte Defne sich erneut bei ihm bedankt.

>>*Keine Ursache!*<< Hatte er darauf geantwortet.

Kurz bevor sie ausgestiegen war, wollte Defne noch eines wissen >>*Sie haben mir noch immer nicht verraten wie Sie heißen.*<<

Der fremde Mann blickte zu ihr hinüber und sagte

>>*Du kannst mich mit „Du" ansprechen ... und mein Name ist*

Kerem ... Kerem Toprak.<<

>>Du bist mein Held, Kerem!<< Hatte sie zu ihm gesagt, woraufhin Kerem Toprak wie folgt geantwortet hatte *>>Ich bin weder ein Held noch ein Bösewicht. Ich bin nur ein Mann, der für Gerechtigkeit sorgt und dabei Böses anrichtet.<<*

>>Also, mein Held bist du auf jeden Fall!<< Ließ Defne ihn mit einem freundlichen Lächeln wissen, bevor sie ausgestiegen war. Und kurz bevor sie die Autotür hinter sich zugemacht hatte, hatte sie noch eine letzte Frage an ihren Helden *>>Werde ich dich wiedersehen?<<*

Kerem Toprak überlegte einige Sekunden und sagte schließlich *>>Das weiß ich nicht, aber möglich ist alles.<<*

Defne machte die Autotür zu und ging direkt zu der Haustür, die zu dem Gebäude gehört hatte, in der sie mit ihrer Familie lebte. Kurz bevor sie hineingegangen war, hatte sie sich zu Kerem Toprak umgedreht und ihm zugewunken. Er winkte ihr zurück und schon war sie hinter der Tür verschwunden gewesen. Gleich danach hatte er den Motor seines Fahrzeuges gestartet und war davon gefahren.

KAPITEL 9

WIEDER VEREINT

Es waren bereits einige Tage vergangen seit dem Defne als vermisst gemeldet worden und wieder aufgetaucht war.

Ihre ganze Familie inklusive Selma hatten sich über ihre Rückkehr gewaltig gefreut. Allen voran ihre Mutter Derya war überaus glücklich und dankbar dafür gewesen, dass ihre jüngste Tochter unversehrt wieder nach Hause zurückgekehrt war.

Endlich waren sie wieder alle vereint gewesen. Endlich war die Familie Mutlu wieder komplett gewesen.

Selbstverständlich hatte Defne ihnen alles erzählt, jedoch hatte sie, nachdem sie es auch bereits mit ihrem Retter Kerem Toprak zuvor ausgemacht hatte, nichts über die geklonten Kinder erwähnt. Kerem war der Ansicht gewesen, dass diese seltsame Geschichte für alle anderen eher unwahrscheinlich klingen würde und, dass sie es vorerst für sich behalten sollte. Sie sollte auch nichts davon erzählen, was in der ROYAL SCHOOL OF VIENNA tatsächlich vorgegangen war und überhaupt, dass sie gar nicht dort gefangen gehalten wurde.

Sie hatte ihren Eltern nur erzählt, so wie sie es mit Kerem Toprak abgesprochen hatte, dass man sie entführt hätte, aber ein fremder Mann sie gerettet und nach Hause gebracht hatte. Als die Ermittler gefragt hatte, wer ihr Retter gewesen war, hatte sie mit einem „Ich weiß es nicht. Er trug eine Maske und hat kaum gesprochen." geantwortet.

Die Ermittler konnten nicht viel mit dieser Aussage anfangen und auch auf den Wunsch ihrer Eltern hin, blieb ihnen nichts anderes übrig, als Defne mit weiteren Befragungen in Ruhe zu lassen, weil sie ohnehin bereits traumatisiert genug gewesen war.

Seither hatte sie nie wieder von den Ermittlern etwas gehört. Was die Ermittlungen der explodierten Schule ROYAL SCHOOL OF VIENNA angegangen war, hatten andere Ermittler versucht den Fall zu untersuchen und auch zu lösen.

Bei genaueren Untersuchungen konnten sie viele Teile von hochentwickelten Apparaten sowie diverse satanische und okkulte Gegenstände identifizieren. Zudem hatten sie Teile und Spuren von Sprengkörpern gefunden. Sofort war ihnen klar gewesen, dass sie darüber schweigen und der Öffentlichkeit nichts davon berichten durften. Also hatten sie der Presse erzählt, dass die Explosion durch ein Gasleck stattgefunden hatte während sie den Fall weiter im Hintergrund noch genauer untersucht hatten.

Sämtlichen Schülerinnen und Schülern der ROYAL SCHOOL OF VIENNA, also all den Klonen von denen niemand außer Defne gewusst hatte, war nichts anderes übrig geblieben wieder zurück zu ihren ehemaligen Schulen zu gehen und ihre Ausbildungen in diesen Lehranstalten weiterzuführen.

So war es auch dazu gekommen, dass Tamara's Klon wieder in ihrer ehemaligen Schule gelandet war. Sie hatte wieder ihren alten Platz neben ihrer besten Freundin Defne genommen, die sich mittlerweile an die neue Tamara gewöhnt hatte. Mit der Zeit hatten sie sich sehr gut verstanden und sowohl Tamara als auch die restlichen Klone zeigten mit der Zeit Verbesserungen hinsichtlich ihres Verhaltens. Sie hatten alle nur etwas mehr Zeit gebraucht sich gänzlich entwickeln und sich ihrer Umgebung anpassen zu können. Genauso entwickelten sich auch deren Erinnerungen immer mehr, sodass sie sich schon bald an alles erinnern und auch Gefühle zeigen sowie Empathie aufbauen konnten.

Sie waren menschlicher geworden und wussten nicht, dass sie in Wahrheit nur Klone gewesen waren.

Defne war der Meinung gewesen, dass es für alle tatsächlich so das beste gewesen war, wenn sie die eigentliche und grausame Wahrheit nicht kennen würden.

So konnten auch sie sich ganz gewöhnlich zu reifen Erwachsenen entwickeln, heiraten, Familien gründen, Kinder großziehen, einen Beruf erlernen und vieles mehr.

Trotz allem konnte es Defne schaffen glücklich zu bleiben.

Trotz all dem was sie erleben musste, welch schreckliche Taten sie über sich ergehen lassen musste, war sie immer noch in der Lage gewesen, ihr Leben ganz normal und gesund weiterzuführen. Sie hatte es gelernt mit der schrecklichen Wahrheit zu leben. Sie war eben nun mal ein taffes und starkes Mädchen gewesen.

Diejenigen, die für den Bau von der ROYAL SCHOOL OF VIENNA und alles was sich darin ereignet hatte verantwortlich gewesen waren, taten alles in ihrer Macht stehende, sodass die erschütternde und boshafte Wahrheit niemals an die Öffentlichkeit geraten durfte.

Daher hatten sie professionelle Auftragskiller aus ihren eigenen Reihen damit beauftragt, nach Wien zu reisen und alle Ermittler, die an der Explosion der Schule beteiligt gewesen waren und einige dunkle Geheimnisse entdeckt hatten, zu ermorden, sodass weitere Untersuchungen nicht mehr stattfinden konnten. Zudem hatten sie auch einige wichtige Leute bei der österreichischen Polizei, die für sie arbeiteten und den Fall ganz schnell übernommen hatten. Dadurch konnten sie alles weiterhin unter Kontrolle halten und sich weiter auf weitere dunkle Geschäfte konzentrieren.

Selbstverständlich hatten sie auch Männer damit beauftragt, herauszufinden, wer die Sprengkörper an die Schule angebracht und schließlich zum Einstürzen gebracht hatte. Denn diese ih-

163

nen unbekannte Person hatte ihnen dadurch erheblichen Schaden zugefügt und viele ihrer Pläne, gemeinsam mit der Schule, in Schutt und Asche verwandelt.

Und genauer wie die Schulmauern alle zerstört gewesen waren, so waren auch sämtliche Akten, Mappen und sonstige wichtige Unterlagen vernichtet worden, sodass sie nicht mehr gewusst hatten, welche Kinder sie geklont hatten. Sie hatten nichts mehr in der Hand, wo sie nachlesen konnten, wer von den Kindern die ROYAL SCHOOL OF VIENNA besucht hatte. Sie wussten nicht mehr wer in dieser Schule angemeldet gewesen war. Daher war es auch für sie unmöglich gewesen all die Klone, die sie in die Welt gesetzt hatten, zu identifizieren beziehungsweise zu finden.

Daher wollten sie unbedingt und so schnell wie möglich die Identität dieser Person oder Personen herausfinden, um ihn oder sie alle zur Rechenschaft ziehen zu können.

Denn ganz egal, wer sich auch mit ihnen angelegt hatte, musste mit dem Tod bestraft werden.

Auch Defne musste hin und wieder an ihren damaligen Retter namens Kerem Toprak denken und auch daran, was er wohl machen und wo er sich aufhalten würde.

Denn sie war eines Tages auf die Idee gekommen ihren heldenhaften Freund in der Wohnung zu besuchen, in die er sie gebracht hatte, nachdem er sie aus dieser Schule des Grauens gerettet hatte. Doch zu ihrem Bedauern musste sie feststellen, dass dort niemand mehr gewohnt hatte.

Sehr wohl hatte sie Gedanken daran, dass ihm möglicherweise etwas Schlimmes zugestoßen wäre. Dass er vielleicht verhaftet worden war oder, dass er sogar vielleicht gestorben ist.

Vielleicht hatte er aber auch das Land aus irgendwelchen bestimmten Gründen verlassen müssen.

Denn sie wusste ja was er so in seiner Freizeit gemacht hatte.
Was sein Job gewesen war.
Es fiel ihr jedes Mal schwer daran zu denken, dass ihm etwas
Schlimmes zugestoßen sein konnte.
Doch ihre Trauer und ihre pessimistischen Gedanken hielten zu
ihrem Glück nicht lange an.
Denn eines Tages, als sie an einem verregneten Nachmittag,
aus ihrem Fenster hinausgesehen hatte, um sich den kleinen
Regentropfen und ihrem angenehmen Klang hinzugeben und
ein wenig zu träumen, war sie sowohl erleichtert als auch über-
glücklich gewesen als sie ihren Helden gesund und munter in
seinem Fahrzeug sitzen gesehen hatte.
Er hatte zu ihr aufgeblickt, ein kleines Lächeln geschenkt und
seinen Daumen hochgehoben, um ihr damit anzudeuten, dass
es ihm gut gehen würde.
Dann war er auch schon wieder davongefahren.
Es war ein herrlich unbeschreibliches Gefühl für die kleine
Defne in diesem Moment gewesen. Das großartige Regenwet-
ter, der Duft, der von ihr ausging, der melodische Klang und
auch zu wissen, dass es ihrem Helden gut ging hatten bei ihr
große Zufriedenheit und Freude ausgelöst.
So bekam ihr Familienname eine noch tiefere und besondere
Bedeutung.

ENDE

WEITERE BÜCHER

- KARA KURT VE KIZIL SAÇLI KIZ

- TOTE NACHT GESCHICHTEN

- DER ERLÖSER

- SOPHIA'S RACHE

- REBELLION DER KINDER

- HUNT THE DEAD

- AUF DER JAGD! MEMOIREN EINES RÄCHERS

- MEINE ERLEBNISSE, GANZ KURZ

- DES TEUFELS CHAMPION

- WOLVES VS REPTILES

- HRAMIL

- AKİF TURAN SÖZLERİ